三上读物

八十年前狷者 至今冷嘲热讽

乱语全书

宣永光 著

论男女
论情爱
论婚姻家庭
论性爱
论人生

中国发展出版社

图书在版编目（CIP）数据

乱语全书/宣永光著．—北京：中国发展出版社，2009.6
ISBN 978－7－80234－432－7

Ⅰ．乱… Ⅱ．宣… Ⅲ．杂文—作品集—中国—现代
Ⅳ．I266.1

中国版本图书馆 CIP 数据核字（2009）第 097527 号

书　　名：乱语全书
著作责任者：宣永光
出 版 发 行：中国发展出版社
（北京市西城区百万庄大街 16 号 8 层　100037）
标 准 书 号：ISBN 978－7－80234－432－7
经　销　者：各地新华书店
印　刷　者：北京凯达印务有限公司
开　　本：720×1000mm　1/16
印　　张：18.25
字　　数：200 千字
版　　次：2009 年 6 月第 1 版
印　　次：2009 年 6 月第 1 次印刷
印　　数：1—7000 册
定　　价：29.00 元

咨 询 电 话：（010）68990642　68990692
购 书 热 线：（010）68990682　68990686
电 子 邮 件：fazhanreader@163.com
网　　址：http：//www.develpress.com.cn

编者的话

民国时有两个奇人，一是厚黑学的教主李宗吾，一是爱说疯话的宣永光。

宣永光，1886年生于河北滦县。学成于北京汇文书院，后自命为先知先觉，目空一切，五年之中，改换七种职业。先后在陆军预备学校、汇文、民大、华大、朝大、北大、铁大等校任历史、地理、英文讲师。生性不能“安分守己”，爱对人生、社会、官场、家庭、男女二性等问题大发议论。他的杂感短文作为专栏先后在《实报》、《图画世界》和《北洋画报》上连载。文章刊出后，读者反应强烈，要求成书。20世纪30年代，老宣遂将数年来断断续续发表在书刊上的文章，辑为两册单行本出版，名之为《疯话集成》、《乱语全书》。两书一出，喧嚣一时，与李宗吾之《厚黑学》并称为奇书。

老宣似傻实真，所谓的疯话其实不过是真正的实话、真话。这两本书或以杂文形式出现，或以格言方式表达，精炼和准确地体现了老宣对民国社会、人性、婚姻、情感、文化等方面的丰富阅历和感悟。文字或诙谐、或严肃、或嘲弄、或深刻、或取笑、或抚慰，不一而足。老宣善于从身边看似最平庸琐碎的事中揭示出红尘中的道理，从穿衣吃饭上床这些司空见惯的现象中阐示出人生的真谛。他对男女、婚姻、社会以及人生的刻画和揭露可谓一针见血、入木三分。时间虽过去近百年，如今再看他的妙语，不但仍未过时，有些更切中时弊。

时隔80年，我们重新选编、出版他的这两部作品，以飨今人。为了便于读者阅读，对原书不合时宜的内容稍作删节；并请胡延亭老师配以漫画，可以更加轻松幽默地展现作者的语言，使读者看完后或会心一笑或拍案叫绝。

当然，老宣所处的是民国社会，毕竟还是有一定的历史局限性，他的某些观点和说法，我们还是不能苟同。

编 者

2009 年 6 日

目 录

题词

老宣疯话，可称人类格言，社会警钟，医世针砭，照妖犀火。不佞每日读罢疯话后，不独郁结之气，顿觉舒畅，即乏味不开之食量，亦增白饭两碗。尝闻少陵诗可愈疟疾，陈琳檄能驱头风，美哉斯言，信不我欺。

——唐山顶寒

不慑当道之忌，不阿流俗之好。

——北平林东湖

每读快论，有如多年积痒为之一搔。

——滦县朱意防

句句切中时弊，段段纠正人心，对症下药，扎针见血。

——效忍斋主人

疯话好处在哪里？就在能为人泄忿。

——罗秉南

本来，人们说话，必须要有分际。领导民众的，要说空话说大话；攒挤门路的，要说好话说软话；为人师表的，要说废话；受人教训的，要说狂话；对于朋友，要说假话；对于尊亲，要说瞎话；事关利害，要说模棱话；事不干己，要说风凉话；这才是识时务的俊杰。老宣先生，舍此类有用的话不说，一定要说些实话与直话，又什么天理话良心话，自己受了人家的厌恶，还居然自喜地以为自己很会说话，由此看来，老宣先生，确也有些半疯儿。

——马镜澄

书斋有奇宝，长坐四维中；敢秉春秋笔，何殊夏禹功；所谈无一妄，其话不曾疯；为问宣南客，伤心几辈同。

——万南溪

愤世如刘骂，变时似贾吞；针针皆见血，语语痛惊魂；泪洒斯民涕，文崇吾道尊；滔滔何处是，予欲噤无言。

——李遽庐

疯话一书，可称为治国治家治身之良剂。

——王锡满

举世皆浊，凡事无不令人发指，独一阅我公伟论，积年养疥，得之一搔，殊令人拍案称快。

——张熹光

参合新旧之说，不偏不倚，适得乎中。

——马倚衡

牖民觉世，能使民日迁善而不自知者，疯话一段庶几斯人。

——新城无名氏

盼望先生将来成一个有力的宣道者。

——烟台文评君

示全国以正路，不啻暮鼓晨钟。

——正定何子居

理有真诠，意无虚构，洵为深切。

——马头沟马仁涛

我想老宣在说疯话那时，一定是咬着牙，瞪着眼，心里燃烧着，全身血管涨着，在那一刹那间就承认他是真疯也不为过。

——天　君

俾闻足戒而言无罪，虽由笔妙，然亦悉从困心衡虑出，先生之志苦矣。

——廖葆尼

独具只眼，卓见卓识，良知能之血性语。

——李退厂

以舆论改良社会。

——涿鹿李仲颖

国病只要有魂即有救方，疯话是拘魂的大神咒。当道能采纳，则是大明咒；国民能奉行，则是无上咒；家庭能采为训，则是无等咒。

——广　权

降邪说，济时乱，继六经之绝响，述孔孟之独唱。

——古渝李华仁

寸有所长尺有短，优劣本不分明，假作真时真作假，是非原可变更，考史经，三人言成虎，众口可铄金。马瞎人盲，且鹿可为马，犬可名羊，疯否无定衡。忆昔日纲常名教大伸，孰敢稍涉暴横，倘或一言犯忌讳，目为邪说横行，近百春，时殊而势异。伦理极贱轻，老宣虽疯，行确未疯，谁醉究谁醒？

——徐沟殷仲良

序

实报社社长老管请我每天作一篇文字，登在《实报》上，补一补空白。他这种提议，简直是令老鼠耕田，使鸭子上架。因为我原是一个滥竽充数的教书匠儿，只能用之乎者也或A、B、C、D，欺骗年幼的学生。若对各级的阅者，张牙舞爪地大开话匣子，不但没有这种天才，更没有这种经验与学识。并且我正在努力奋斗，为我自己谋幸福的当儿，也没有这种闲心。然而老管既诚心拉我跳火坑，我若屡屡执拗，未免就要得罪朋友。我暂时只好勉强硬凑几句“疯话”，搪塞一下子！

以上几句话，是去年十月我在《实报》第一天与读者相见的开场白，到现在，已经六个月了，疯话倒也说了不少。管先生又来向我提议说，有许多读者，要求将已登的疯话，印成单行本，问我意下如何？我说：“只要你不怕赔钱费力，我当然不怕丢脸招羞。”至于疯话是否配印成书，那是活该！任谁说什么，我满不在乎。是为序。

中华民国第一甲戌阳历三月二十五日

老宣于北平东城寄庐之“宝四维斋”

写在前面的后面

我一生的大毛病，就是模模糊糊。说话，语无伦次；作文，八倒七颠。并且我的笔迹，更是奇形怪状，写完简直连我自己也认不清楚！因此稿子一交“手民”手里，他们就皱眉瞪眼，以致生出错中之错，误中之误；第二日登出报来，有时竟在一条之中，漏去数十个字之多。这次既要将我的东西，印成单行本，我只好再校改填补，并请我的朋友梁思孝，重校一遍，以辨鲁鱼而免读者生气。不过，老梁也是一位模糊先生，他校了之后，是否还有错谬，我不负责任！

至于捧我不合事实之处，预先并未征求我同意，我誓死不能承认！要知香臭、好歹、邪正、上下是要由实际而断，不能强加硬改！譬如她们每月的必需品，虽经药房尊呼为“妇女之友”，名称是冠冕堂皇了，然而终不能代替摩登人士所戴的卫生口罩用！到底，“妇女之友”，还是月经带；心清似水吐气如虹的老宣，还是不学无术昏天黑地的疯子！

宣永光

老宣供词

自拙作《疯话》问世以来，承读者不弃，屡以不佞之真实姓名年龄籍贯及现状见问。不佞愈不答复，问者愈催促不已。几有法吏讯盗“若不从实招来，难免老爷生气”之势。不佞狡展无术，只好自将丑史，全盘托出于左：

不佞氏宣，名永光，今河北省滦县城内南街人，乳名和尚，学名金寿，民元十月投考陆军预备学校时，始改今名。朋辈屡以老宣呼之，因之为号。祖籍鲁之青州，迁于浙之余姚。明末，在浙之一支已传至八世。八世中有洞出公者，宦游北上，入籍滦州（今改县）。及不佞之身，已十一世矣，故不佞为绍兴师爷之后。先父字若眉，居名笃斋，人称笃斋先生，系廪贡生，候选州同，曾佐张腾蛟军门戎幕，以耽于理学，不合时尚，穷老授徒以终。先母氏吴，同籍滦州，生先长次两姊及不佞三人。不佞九龄入塾，受业于家庭专馆教员石杏村先生。前清光绪二十四年，入本县教会学校成美学馆，习英语与科学；二十七年，入北京汇文书院为“洋学生”。在校时，以读书为桎梏，以欺骗师长为能事，屡屡攀墙越屋私出游玩，永不与诸同学合群为伍。入礼拜堂即暗读小说，有时亦喃喃颂祷，假冒信徒。进自习室即滥写情书，兼习绘事，尤精于某种图画。幸天相“恶”人，不佞虽不务正，而各科除算术外，无不及格。算学虽为不佞所深恶痛绝，然以巧弄计谋之故，亦可勉强够分。三十二年冬，即步入社会与书本绝缘，且以父殁乏资，未能出洋“镀金”。彼时人才缺乏，事浮于人。不佞遂自命为先知先觉，目空一切，朝辞一职，夕即有人约聘。五年之中，所改职业至七种之多。仅以邮政一事而言，不佞若肯耐守至今，位置已可超出邮政务官以上。入民国后，历充第一、第二陆军预备学校、汇文学校、民大、华大、朝大、北大、铁大、平大农学院等到校之教员讲师，以历史地理英文三项，误人子弟。就中以A、B、C、D骗人之时最多。又滥竽于政军二界，为中下两级官佐。现年五九加四，身高四尺八寸，体重百十八磅，面黄瘦无发，状如鸦片烟鬼。天性刚愎顽劣，易喜易怒，贪食而无量，好色而无欲。三餐无肉则哭，半日无妻则弗。元配本县龚氏，继娶北平赵氏，均旗籍人，此即不佞幼年好谈排满之果报也。不佞因罪孽深重，不自殒灭，祸延子嗣。龚氏仅遗一女，嫁已三年。去冬，赵氏流产一男，形体未全，好赴修文。今仍奉祀于某大医院中，可谓典型犹在。龚氏于民廿一，驾返瑶池，享年七七有二，生时暴烈善怒，不佞畏之如虎。赵氏系民廿二，迎娶过门，芳龄四八又四，天性刚猛多疑，不佞怕之如神。不佞奔驰南北东西二十余年，既未从事革命运动，又未为国为民谋求幸福。蹉跎至今，不但将祖产变作挥霍之资，至此时衰力竭之年，一旦失业，即有断炊之虞。不佞现居东城某巷，赁舍八间。日以吃饭睡觉浇花养鱼弄猫戏狗为事。每日食米饭二小碗，用菜二大盘，吸纸烟两盒，饮浓茶六壶；大便二次，小便二十余次。饭饱水足，即倒身一睡，日夜共睡十二小时。且好洁成癖，将大好光阴，多耗于洒扫盥浴刷牙濯足之间。虽有藏为之癖，苦无读书之心。喜集碑帖，而无观摩之志。近三年来，学校中有校长，肯为保镳，不佞即“倒”执教鞭，对付些时，否则即勉强撰稿，售之报社，造谣惑世，骗取金钱。合计平津两处稿费，月入百元左右，足敷生活购书学杂费与还债之需。决不为未来之少爷小姐，遗下分文资产。至愚夫妇养老之资，惟托诸于上帝老天爷而已，所供是实，再有问者，恕不答复。

跳加官

我这本东西，十之八九是我的鄙见，十之一二是洋人的唾余。我原是来自田间的人，虽在学政军三界混了二十余年，只因幼不好学，长而懒惰，奔走衣食，更无暇读书。至于什么叫“文坛”、“武坛”，我全不知道。什么为“前提”、“后蹄”，我不晓得。什么是“唯物论”、“辩证法”，我不了然。哲学、心理学、伦理学、理论学，我不明白。“旧圈点”、“新符号”，我更是模糊。那么，我说的话当然语无伦次，作的文必定文白混淆！所以我这本东西，既以我的成分多，洋人的成分少，我只了用强奸包办的恶例，本着我自己的见解，笼统称之为妄谈！我这本东西的内容，在《图画世界》及《北洋画报》，断断续续地，登了七年之久。三四年前为嗜痂的读者，请我合拢起来，印成单行本。那时我的脸皮还薄，屡屡不敢灾梨祸枣，现今又苟活几年，脸皮又厚了许多，又因失业甚久，穷极无聊，将已披露的，略加整理，印成书的样子，骗些钱花用！我所说的，颇有拗理悖情之处，也不过是“姑妄言之”，读者可姑妄阅之！认为讲经说法亦可；当作鸡鸣犬吠亦可！反正，论我这若存若亡的良心，我是对两性任何一方，决无恶意的。所以骂我也好，打我也好，抄我的家也好，灭我的门也好，任听尊便，我毫不抵抗！不过，若不将全部阅完，细加思考，就请“免开尊口，免动尊笔”。

我本想为我这本东西，请几位朋友题字，烦几位“社会之花”作序。可惜我的朋友，全不是圣人，又不是要人，且不是学者。他们的大名，既未见过经传，报上也未给他们作过起居注。纵然他们对我有求必应，也不能提高我的价值，也不能替我辩护，说我的妄谈不妄。譬如一块烂铁镀上金，一团狗屎擦上粉，不但不能增光，且是作践材料。至于社会之花，我既穷而且丑，讲不起社交，更不能拜倒旗袍之下，摇尾乞怜，而劳她们的玉手，所以序文与题字，只好由我一人，大包大揽，自拉自唱！

民国二十三年五月二十五日

滦县老宣自叙于北平东城之寄寓

论男女

说女子卑贱的男子，是卑贱他自己。因为他不敢不承认是女子所生的。

无男不能有女；无女岂能有男。男女两性，叠为因果，互相化合。父精母血，构成人类，缺一不可。若说男尊，男由何生？若说女卑，女由何来？卑的岂能产尊的？尊的又焉能生卑的？凡主张男尊女卑的，全是忘离身所来处！

男女的分别，无异于狗之与猫，各有各的用处，无论怎样改造，也不能失去了原性。用女子做男子做的事，如同用猫做狗做的事。以狗捕鼠，以猫守户，非但不能胜任愉快，反要生灾惹祸。

毕达哥拉斯说："女子有两副眼泪。一种是悲泪，一种是诈泪。"

美人是眼中的极乐世界，是心灵的模范监狱，是财产的消化机器。

维克多·雨果说："男子是女人的玩物，女人是魔鬼的玩物。"

妇女所最痛恨的男子，多半是她当初最喜爱的。

在未开化的国里，男子争夺女人；在文明的国里，女子争夺丈夫。

深通书理的男子，决胜不过深知男子的女子。

英国俗语说："蔷薇花全有刺。更可惜的是那刺永不凋谢。"（美人多半有恶性）

美人类似蜘蛛，能用巧妙难防的法术，合不加谨慎的男子，在不知不觉之间，就能投入她的罗网里！

世人对于妇女，皆存一份宽恕的心。假若她是一个美人，更无不可宽恕了。

好颂扬妇女的男子，是不明白她们的；好讥评妇女的男子，是一点不明白她们的！

日本古语说："天下最难处的，就是妇女。你若谄媚她，她就自骄。你若打骂她，她就哭泣。你若杀害她，她的鬼魂就要作祟——最好的法子就是爱她。"

男子能为别人守秘密，多半不能为自己守秘密，女子则反是。她虽能泄别人秘密，更能保自己的秘密。

某有名的哲学家说："远观妇女，多属可爱。然若近观，每多令人失望。假若再细加近观，你就知道她们真是可爱！"

女人用胭脂，是遮掩她们含羞的。

对于新彩画的墙壁与好涂脂抹粉的妇女，要加谨慎！

妇女对于增加美丽一事，能受种种不堪的痛苦。

最注意她的容颜的妇女，多半是没有好容颜的！

旧派的女子，在结婚以前，在家里等候相当的人；新派的女子，先结婚，然后等待相当的人，然后再离婚。

女子穿美丽的衣服，不是使男子喜悦的，是使别的女子烦恼的。

男子说："知识是权力。"女子说："衣服是权力。"

使丑妇人忘了她丑，使美妇人忘了她美，那是不容易的！

注意修饰身体的妇女，多是不注意整理家政的。

使妇女爱全国易，使妇女爱一人难!

遇着婚丧或宴会的事，男子都是想我当说什么，妇女都是想我当穿什么。

英国俗语说:“监视一筐跳蚤易，监视一个女子难!”

妇女对于衣服，今日所能穿的，决不肯等到明天。

恶妇如脚上的刺，若不经一番痛苦，是拔不掉的!

人不能按一个女孩子所穿的衣服，断她丈夫的贫富。

男子穿衣服多是为防御自己身体的，女子穿衣服多是为攻击别的女子的。

妇女生来是胆怯的，假若使她穿上好的衣服，她就自信她有了武器了!

妇女们穿美丽的衣服，与孔雀开屏是一样的心理。

妇女的容貌，全以被人爱的程度而论!

丑妇人愈妆饰愈丑，美妇人愈不妆饰愈美。

男子以刚胜，女子以柔胜，是万国古今不变的真理。女人对待男子，笑一笑的力量，比吵骂千万次的效力还大。任凭他是威加海内的英雄，声名盖世的豪杰，杀人的强盗，越狱的凶犯，也担不住她这种天赋的特长。可惜有一类妇女，不明白以柔克刚甚于刀剑的道理，偏要以刚制服男子，所以闹得家庭之间，天翻地覆，鸡犬不宁。世间许多的悲剧，多是由此而起！

阿拉伯的一句俗语说："妇女的发长而知识短。"土耳其同欧洲数国，也有类似的俗语。但是到了现在这时代，女子多已剪发，这句话就有些讲不通了。

两性间最大的反对性——男子多在口腹上注意，妇女多在身体上注意。假若一个女人，自知比她邻居的女人生得美丽，她就如同武士穿起盔甲来一样。

希腊神话说："上帝开辟天地，造了万物之后，就团土合泥造人。先造成一个男人，名叫亚当。后来他太寂寞，就在他睡的时候，取下一根肋骨，合泥造了一个女人陪伴他，给她起名叫夏娃。"欧美的学者说："当日上帝因造夏娃，必定是把亚当身上的好的部分全取去了，所以女人们多是玲珑活泼，柔媚动人；男人们多是粗手笨脚，态度可厌。"这话与《红楼梦》中贾宝玉说的"女子是水做的，男子是泥做的"颇有些相同之处。

人能使女子嫁她所应嫁的，然而不能使她爱她所不爱的。

女儿与死鱼，是不可久留的，留一天落一天行市。

英国俗语说："狮子决不如描画的那样凶。"我再加一句话："妇女决不像打扮的那么美。"

好奇的心，是从夏娃到而今使妇女们堕落的最大原因。

夏娃真是一个模范女人，她用不着今天使她丈夫给她买这样衣服，明天买那样衣服。

握住一个鳝鱼尾巴容易，把住一个妇女难。

两性间纯洁的友谊，是永不能维持到底的，迟早二人之中，必有一人侵越了范围，那就不是友谊了。所以"男友"与"女友"这种名称，是决无价值的！

世上最易变幻无常的是女人，其次就是命运。

学问是男子的无形财产，容貌是女人的有形财产。

富人无过，美人亦无过。富人之过，多以富掩了；美人之过，多以色掩了！

女子不注意看人，她是注意让人看的。

满口谈道德的男人，必是伪君子；满口讲贞节的女子，多是丑妇人。

当一个女子告诉你，不准同她接吻，那意思是说，不准你在大庭广众之中，同她接吻。

拿破仑说：“美妇使眼中快乐，贤妇使心中快乐。”

你若常听人夸赞某女子有学问，她必是不美的；假若她美，人就要先将美说在头里了。

世上的女子有两种，一种是不纳忠告的，一种是不听良言的！

恶妇人可厌，愚妇人更可厌；最可厌的妇人，是那种没准性情，没准主意的！

妇人的实在年龄，只有在她未加修饰的时候，可以断得出来！

德国俗语说：“妇女面上的缺点，只有镜子知道。”

波斯俗语说：“女子在二十最动人，在三十最可人，在四十最缠人。”

康科德斯说：

“何物轻于羽毛——尘埃

何物轻于尘埃——风
何物轻于风——妇女
何物轻于妇女——无”
这是说妇女的习性，喜怒无常，容易更变。

法国俗语说：“听信女子的话，如同捏住鳝鱼的尾巴。”

金阿莱女士说：“女子的生命，落在强横的恶人手里，较落在懦弱的善人手里，反可以多得幸福！”

世间有三样事是女子不易明了的——自由，平等与纯洁的友爱。

当女子发言的时候，男子看她的眼睛，当她停止发言的时候，男子看她的嘴唇。

将女子的回答当作她的决心，就必生出许多的错误。

当无事可做的时候，男子们谈论妇女，妇女们则谈论男子们如何谈论妇女。

天下最有趣的是女子，天下最无趣的也是女子；使男子得无上快乐的是女子，使男子生无穷烦恼的也是女子。

愚昧的女子，显露她的聪明；聪明的女子，隐藏她的伶俐！

女子嫣然一笑，男子的主意就摇动了；女子眉目传情，男子的主意就瓦解了。

许多女子，虽然不是美人，然而她们的美丽，是不能一眼就看得出来的，须要细加端详，才能发现的！

对女子，夸赞她们容貌，是无往不利的。

女子修饰打扮，不是使男子爱她，是使别的女子恨她。

女子是像猫一类的，你若太亲近她，她就要抓你；你若不注意她，她就要围着你转。

女子是虚荣的奴隶，男子是女子的奴隶。

女子因好奢侈而失身丧节的多，因求生活而失身丧节的少！

奢侈二字，能引诱一个女子到了堕落而不可救药的地步，能使一个男子犯了人所不敢犯的罪。

男子的偏见，是由脑里生出来的，还可医治；女子的偏见，是由心中生出来的，决不能医治。

善人看不出女子有坏处，恶人看不出女子有好处。

女子是像猫一类的，你若太亲近她，她就要抓你，
你若不注意她，她就要围着你转。

德国格言说："一个人若有七个女儿，在一星期中，绝没有安闲的日子。"

世间最少有的事，是两个美妇人，能彼此相爱且不因容貌彼此相妒！

何者使女子更愉快？是听人夸赞她好呢？是听人诽谤别的女子呢？

德国格言说："凡是女子，全爱镜子里头的那个女子。"

女子虽然是好买便宜的，然而男子若是太贱了，她也是看不到眼里。

古时的武士们，因为争一个女子，各拔随身的刀剑；现今的男子，为争一个女子，各抽银行的支票。

培里克里斯说："男子口里所常谈论的妇女，不论是善是恶，全是好的。"

女子对于事务，向来不加意考究，所以常被几句空话，诱到陷阱里。

男子选择女子，如同选择果品；当知最好看的，未必是最好吃的！

若是男子们，能够明白女子们心中所想的，他们对她们必要再加二十倍的谨慎。

矛盾性是女子的特点。愈是美妇人，矛盾性愈大!

佩特诺斯特说：“女子的美目一盼，就能打破一切哲学。”

杰罗尔德说：“女子全是一样的，她们当姑娘的时候，都是柔和得像乳脂一般；她们当了人妻之后，她们就要将脊背，靠在结婚的证书上，反抗你的。”

两性间的引力，是神秘不可测的，假若我们真能明白了这个问题，我们就仿佛得到人生的真谛了。

马克·奥佛尔说：“女子的舌仅长三寸，但是能杀六尺的男子。”

女子的心比男子的心，跳动的速度快，她的舌也是如此。

男子与女子，全是说谎的。最大的分别，就是女子说谎，容易使人信!

女子有美色，就容易有幸福；男子有大志，就容易有幸福。

英国古语说：“有时可将钱财，托付一个女子；有时可将一个男子，托付一个女子——但不可将这两样一起托付她。”

世间并无丑女子，只有那种不知如何表现美丽的！

多数的女子，喜美男子，爱富男子，嫁丑而贫的男子。

男子所最喜爱的，是女性的女子；最不喜爱的，是男性的女子！

男子大笑而无节制的时候，必是醉了；女子笑得有节制的时候，必是醉了。

任什么衣服全肯穿的女子，是最快乐的女子！

美妇人如同猛兽，是世间不可多有的。假若世间的妇人全是美人，世上的人类，早就要断绝了。

妇女如同最动人的小说，凡是一个男子，全愿意得几本。若是借来的，觉着更有趣。

女子只要容颜不退，就有快乐；男子只要自重之心不失，就有快乐。

女子若想得幸福：第一，须有宽宏的肚量；第二，须有一个相当的容貌；第三，须有一个有情的丈夫。第一样有了，第二样就不为难，第三样就随之而来。

愈被别的女子所嫉妒的女子，愈是快乐的女子！古语说：“秀才遇见兵，有理说不清。”男子遇见妇女，何当不是如此！

妇女多是绵性的，男子多是刚性的。以刚碰绵，刚的反多受损折。

男子对待妇女，最好是以绵来，以绵应；以刚来，也以绵应。她们的伎俩，就无处可施了！

不知足是十个女人九个犯的毛病。

男子是女子生的，所以一离了女子，就觉得不自然。那种毅然决然远避女子的男子，不是被女子缠磨透了的，就是怕受女子缠磨的。

聪明的女子，对男子装糊涂；糊涂的女子，对男子显聪明！

男子怨恨女子的心，是不能持久的。女子最能利用这个弱点！

嫉妒（吃醋）是女子最大的美德。愈是有情的女子，嫉妒性愈大。不知吃醋的女子，是最无情的，是最要不得的！

我国人称不嫉妒的女子为贤德。要知道这贤德二字，是一般喜纳妾、好外遇的男子们造出来的，是专门束缚女人的，是最不合人道的。我国自古以来的妇女，因为贪图贤德二字的美名，不知流了多少万缸眼泪！

对男子肯隐藏自己才能的女子，才是聪明贤德的。

世上的男子，若多是有情，世上就没有新妇女运动，更没有妇女职业问题。

与性质虚伪的女子相处，总要以真诚之道待她！

被水溺死的男子少，被女子的眼泪溺死的男子多！

牙齿皓洁的女子，用不着你说什么滑稽的故事，她就能发笑。

没有牙齿或牙齿不好的妇女，看不出世上有什么可笑的事。

许多妇女如同法国人做的菜，仅仅是外面美观，细尝并不好吃！

世上的生物，是一物制一物。男子是生物中最厉害的，所以上帝特造女子，专门制服男子！

按寻常骂人无耻，总是说："不要脸。"据我想，骂缠足的妇女，应当说："不要脚。"骂新式的妇女应当说："不要腿。”

妇女耳中最爱听的，就是夸她的貌美。她生的纵然比嫫母、无盐还丑，她也觉你所说的话，并非言过其实。

妇女打扮得花枝招展，原意是为叫人看的；假若你不看她，她就疑惑你是瞎子；假若你注目地看她，她就疑惑你不存好心！

女子的心思善变，如同她们所穿的衣服。

詹姆斯说：“男子注意的是吃什么，女子注意的是穿什么。”

妇女所穿的美丽衣服是用她的父亲、她的丈夫或别的男子汉的眼泪做成的！

妇女的好看，全赖修饰。一个四十岁工于修饰的妇女，较一个二十岁不善修饰的妇女，还显年轻。

美丽的妇女，不过是如同一个金漆彩画的棺材，无论如何光艳照人，里面也不过是一把骨头。

一个妇女，宁愿她所不喜欢的男子想她年轻，对她献媚，也不愿她所喜欢的男子，想她年老，对她表示恭敬。

法国俗语："妇女的舌尖，就是她的刀；那把刀永远也不生锈，因为用得勤。"又说："妇女的舌，永不守星期日。"(永不休息)

最可爱的妇女，是那种有许多要说的话，偏说不出来的！

英国格言说："两个女子，生一个舌尖就够了。"又说："通地狱的大路，是用妇女舌尖砌成的。"与诗经所说"妇有长舌，维厉之阶"和《女小儿语》所说"妇人口大舌长，男子家败人亡"均相等。

莫丹说："堵女子的口的妙法，是用接吻。"

妇女的衣饰，件件全能引动男子的心。古今中外的男子，甚至因为一只绣履，或是一只高跟鞋，招辱丧命的很多。

一个男子，信服妇女的心消灭了的时候，他的智识，必是增高了。

挪威的格言说："不要信妇女的心，妇女的心，如同旋转不停的车轮。"

有些男子们，因为将妇女的回答，当作她们的决心，因此就生出许多的错误。

马克·奥佛尔说："妇女的心，如同小儿的裤子，须要时常修补。”

妇女说话，除了说到自己的年龄，全好夸大其词！

矛盾是女子的天性。她生得愈美，矛盾性愈大！

项羽、拿破仑二人，平生不肯落眼泪。然而项王被困垓下，在虞姬的面前，竟泣不成声；拿皇被囚孤岛，想起约瑟芬来，竟落泪如雨。可见美人的魔力，就是英雄豪杰，也摆脱不开。

英国某学者说：“死于战场的人少，死于裙下的人多。”

男子全怕张牙舞爪的老虎，不怕涂脂抹粉的老虎；见了兽中之虎，避之唯恐不速，见了人中之虎，亲之唯恐不近！

明陆道威先生说：“昔人云见利思义，见色亦当思义，则恶念自息。”据我看，见不应好之色，要思义，见可好之色，要惜命。又说：“色之迷人，如水荡舟，当牢着舵，自不迷所向。”可见著名的理学家，也未尝不知色之可爱。不过贤者能“牢着舵”，众人见了色，便“把不着舵”，所以被色波所摧荡，而遭灭顶之祸的，前仆后继。

刘邦善能将将，把一个战必胜、攻必取的韩信，玩弄得像一团棉花，然而竟不能驾驭一个吕后；他能对狼虎之秦革命，竟不能防他女人的淫行。以帝王之尊，居然戴上一顶绿头巾，他也无可奈何，可见妇女是最难对付的！

有人说“我国重男轻女”，其实，我国只是在法律上，在礼俗上，在口头上，重男轻女；在事实上，还是重女轻男。在家庭里，在政治上，明操大权的，固然是男子；但是暗操实权的，还是女子！

男子入戏园，多是注意舞台上女优及园中妇女的面貌；女子入戏园，多是注意台上女优及园中别的妇女所穿的衣服。

世上鲜艳美丽的颜色，全被妇女穿了；芳芬馥郁的东西，全被妇女用了。她们面貌，若是黑暗或有缺点，可以用脂粉遮盖，男子就不能加以掩饰。她们对男子亲近，男子多表欢迎；男子对她们亲近，她们反说男子轻薄。男子对她们，多是诚心原谅；她们对男子，多是吹毛求疵。男子供养女子，人皆视为应当；女子供养男子，人多视为非礼。谁说男女平等？

英国格莱斯顿说：“保持妇女的原性，是妇女最大的美点。”近来男子日趋女化，女子日趋男化，未免是将两性相异的美点，全毁了！

世界愈文明，愈与貌丑的女子不利，愈与貌美的女子危险！

讲社会公开与计男女同学之先，须先讲道德。蔑弃道德的人，不配谈社交与同学的好处。

21

两性间，互相尊重，互相辅助，是男女平等；互相利用，以达个人欲望，那就谈不到平等。

异性的朋友，按老话说，就是情人；按新话说，就是恋人；按英文说，就是心肝、甜心。这种结合，在外国也是不为正人所公认的，岂有大吹大擂登在报上征求之理？

有人指教我，征男友征女友就是征婚。我说：既是这样，何不痛痛快快的“征夫征妻”。天下哪有同床共枕、颠鸾倒凤的朋友？

我见征求女友的告白，多是用“留学生”、“在某机关供职”、“有若干收入”为吸引女性的媒介。同时对他们，必以容貌端丽为条件。我敢断定应征者，必是苏秦他嫂嫂一类的女人；登告白者，必是吴起一类的男子！

在政治未上轨道的国里，男子愈是人格破产，愈能升官发财；在淫邪的社会中，女子愈是成了烂桃，滥得一塌糊涂，她的身价，愈是高大。然而他们与她们的前途，是不卜可知的。

在这是非难断的日子，妇女若愿为一人的专利品，从一而终，就有人说她是腐化分子！假若她大开门户，人尽可夫，博施济众，为众人的玩弄品，反有人尊她为交际明星或社会之花。

能节俭，能不慕虚荣的女子，才是女中的英雄。

二八月中，正是母狗们，大出风头的日子。不分昼夜，到处招摇，跳舞追逐，滥施恋爱，任意向公狗们，龇牙瞪目，喜怒无常，狂吠低狺，流波送媚。公狗们为性欲所驱，无不大献温存，摇尾乞怜，俯首帖耳。母狗！母狗！可谓狗运亨通了！

二八月以后的母狗，时已过，境已迁，因无活动的余地，少不得退居狗窝之中，去行独身主义，度那寂寞生活，回首前尘，如同一梦。欲向公狗友，求一点餐余之食，也必被咬得皮破血流。及至生下一窝狗儿女，亦无一个狗父，肯来负教养之责。母狗！当初你的情狗虽多，而今安在哉？

我每逢看见二八月以后的母狗，就替滥交男友的浪漫女子，抱无限的悲悯。然而年年有个二八月，人过青春无少年，可是母狗还有恢复往日威权的时候！

公狗们绝没有审美的观念，也决不会用金钱或势力，引诱异性。它们所发的情欲，是真诚的，是尽生命不绝的天职，并非为是取乐，或有所贪图！母狗虽是浪荡，它的结局——因为没有过去与未来两种的思想——所以也比人类中没有正式丈夫的浪漫女子，好受得多！

不临财，全是谦士；不遇色，全是正人；不见危难，全是英雄；不见骨头，全是好狗。

妇女如同磁石，都有吸引力。所不同的，只是她们的吸力，有大小强弱之分。

有些美妇人，竟吸不住男子；有些不美的妇人，意能将男子，吸得头晕眼迷，摆脱不开！

缠足的女人，穿上弓鞋，用脚跟走路；时髦的女子，穿上高跟鞋，用脚指行路。前者用后，后者用前，全是要使身体，失其平衡，以便左摇右摆，前后颤动，作出楚楚可怜之态，引逗男子们的好奇心！

旧式的女子，摧残两双脚，时髦的女子，苦待两条腿（两双脚在内），全是有心诱惑人，同为不自然的现象。

对待美而贫的妇女，要加一倍的谨慎；因为她的美色，能引诱别人，她的穷困，能引诱她自己。

英国罗斯金说："莎士比亚的作品中，只有英雌，并无英雄，他所以能永久不失文坛上的地位，也是在此。假若他一味的描写英雄，他早被打倒了。"罗斯金本是文学家兼美术家，我由他的评论推察，他更是心理学家。

湖南俗语说："小娘爱俏，冻得狗斗！"这句话是否可以成立，先要问问冬天的摩登女子！

好色者应以蜂蝶为师，它们能得花之益而无害于花。

男子一生多为妇女用心，妇女一生多为衣饰用心。

文墨人提起他的儿子，往往称“小犬”或“豚儿”。犬者狗也，豚者猪也。如此自谦，未免是自居为老犬老豚。然而说起他的女儿来，则用“小女”，绝不比之为猪狗（有时称儿子也用“小儿”）。外人尊称人的女儿，则用“令爱”或“令千金”，于此可见我国是尊女轻男！

中外男子的衣饰，数十年一变，纵然变，也不过是宽窄长短之别；妇女的衣饰，一年数十变，甚至大变特变。妇女可谓衣饰革命者！

假革命，是革命者牺牲人民，自寻安乐，使人民苦恼。妇女的衣饰革命，是革命者牺牲自己身体上的安适，自寻苦恼。并且连累同类者，起而盲从，同寻苦恼。然而她们先牺牲自己，较任何革命者，还有伟大之精神！

俗语说：“莫看新娘子上轿，要看老太太收成。”是说人生命运无常，富贵与容貌是靠不住的！我可改句话说：“莫看风流女子们吃穿玩乐，要看她年老色衰时的收场结果！”

浪漫的女子，在年轻时快乐；贞静的女子，到年老时安逸。二者既不可得兼，女子们，还是在青春貌美时，守一点范围，少一点自由好！要知老年的苦，全是少年时种下的。少年是要多罪，老年时必少流些泪！

贞静的女子，到老年，虽不能尽得安逸；然而浪漫女子，决不能得良好结果。现在的因果报应太快，恐不到暮年，就要追悔不及了！这话不是迷信，也非老生常谈。每日报上所登的，就是前车之鉴！

面丑的女子，也有一件利益——她可以避免男子们的扰乱。

男子如猛兽，女子如绳索。一人了圈套，休想跳脱，纵有大力，也无所施用。能远避女子的，总能不被她所束缚。

女子如黏胶，男子如鹅毛。黏胶不用寻鹅毛，鹅毛就能于不知不觉之间，飘到黏胶上。

我最喜闻花的气。有一次见了一朵极娇艳的花，连忙去闻，岂料被花里藏着的一个蜜蜂螫了鼻子，自得那次教训之后，我看见美人，也惊心动魄了！

美人如同好书，应当落在学人才子手里；学人才子，知道书之所以可爱，知道如何去读，并且爱书如命，决不将书视为装饰品，决不将书认作玩物或救急物。他们对待美人，尤甚于爱书。

女子是世上的盐，世上若没有这种盐，人生就毫无滋味了！盐固然是提味不可少的，然而用时，要有节制！

在妇女的心目中，只有衣服的美恶，并无面貌的丑俊。

多数的妇女，对于人格的堕落，不如对衣饰的破旧为可耻。衣饰！衣饰！是引诱妇女的恶魔！古今中外无量数的妇女，全为衣饰毁了！

嫫母无盐，若有美好的衣饰，也敢见王嫱西子，若无美好的衣饰，反不敢见嫫母无盐！

妇女！妇女！不要妒羡某妇女孩子所穿戴的衣饰！你们先要详查她那衣饰，是用什么条件换来的。你们若真明白了来历，不但不嫉羡她，反要替她流眼泪了！

自社交公开之风起，成衣匠，洋裁缝，绸缎铺，绒呢庄，同卖化妆品的，增了无穷的收入；自女子职业之说起，这几项工商，无不喜笑颜开；自跳舞之风兴，这几种工商（尤其是洋裁缝同绒呢庄），全大烧高香！

提倡妇女职业问题，应按照做事的才能，为先决的问题，不当以年貌为取舍的标准，否则即是以色用人，以色媚人！我见某处的女职员，与一切茶楼酒肆的女招待，我才知道，女子若愿谋职业，须先要请教“镜子”老先生，它是忠实的老同志，它能告诉你是否能谋到职业！

自人权之说兴，良善之人，成了鱼肉；自女权之说兴，妇女之身体，失了尊严；自女子财产问题出，老丑的女子，化为

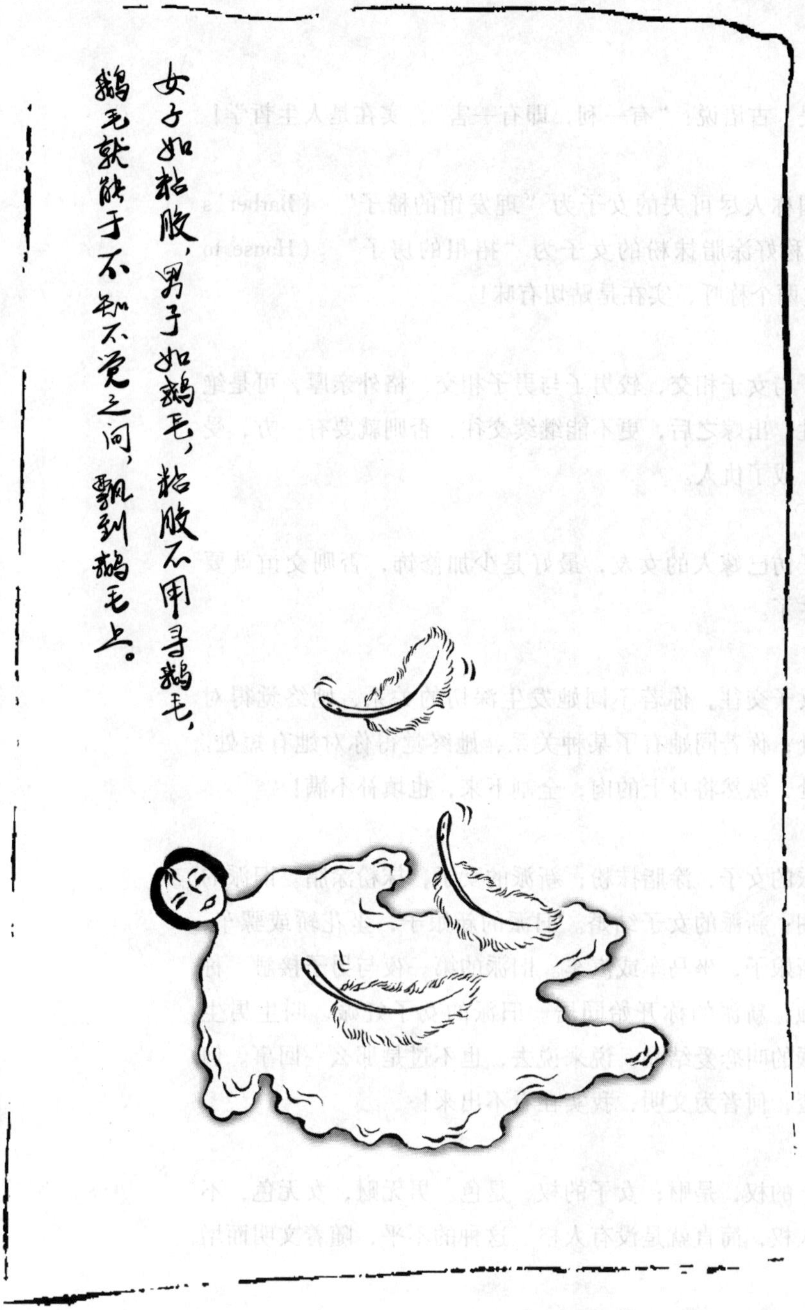
女子如粘胶，男子如鹅毛，粘胶不用寻鹅毛，
鹅毛就能于不知不觉之间，飘到鹅毛上。

无业游民。古语说："有一利，即有一害"，实在是人生哲学！

美国称人尽可夫的女子为"理发馆的椅子"（Barber's Chair)，称好涂脂抹粉的女子为"招租的房子"（House to Let)。这两个称呼，实在是贴切有味！

女子与女子相交，较男子与男子相交，格外亲厚，可是绝没有常性。出嫁之后，更不能继续交往，否则就要有一方，受了嫌疑，成了仇人。

女子访已嫁人的女友，最好是少加修饰，否则交谊就要维持不住了。

同女子交往，你若不同她发生深切的关系，她终觉得对你有短处；你若同她有了某种关系，她终觉得你对她有短处。你的短处，纵然将身上的肉，全割下来，也填补不满！

旧派的女子，涂脂抹粉；新派的女子，抹粉涂脂。旧派的女子出阁；新派的女子结婚。旧派的新娘子，坐花轿或骡车；新派的新娘子，坐马车或汽车。旧派的第一夜与男子接触，称洞房花烛；新派的称开始同居。旧派的女子妊娠，叫生男生女；新派的叫恋爱结晶。说来说去，也不过是那么一回事。何者为野蛮，何者为文明，我实在看不出来！

男子的权，是财；女子的权，是色。男无财，女无色，不但没有人权，简直就是没有人格。这种的不平，随着文明而增进！

旧派的女子，讲“三从四德”；摩登女子，讲“三纵四得”。三纵者：纵性，纵欲，纵身。四得者：得财，得势，得名，得男友。

女子欲提高女子的人格，只有四样办法：第一，须设法严禁纳妾；第二，须废除娼妓；第三，加重罚重婚罪；第四，禁止男子交女友。至于从政，从军，与男子争位置，全是不急之务！

男子中，有书呆子；女子中，决无书呆子。女子若非有神经病，或生理上有缺点，决不肯向故纸堆里求生活。

据我教书的经验，女子注意科学的少，注意文学的多；就中专注意于诗词歌赋的，以占四分之三。

向女子求爱，要时近时远，不可一味的热烈；女子向男子求爱，要似迎似拒，不可一味的容纳。不即不离，半推半就，是两性间吸收的途径。成婚以后，更当如是，以免发生破裂的悲剧！

男子若非看遍天下美人，我决不信他，能永远爱定一个女人。至于立志终生不二色的男子，他必是还未遇着更美的女子！

男子有财有势的日子，不愁无高朋满座；女子年轻貌美的时候，不愁无男友如云。前者，一朝财尽势衰，必致求为一普通小民，而不可能；后者，一旦年老色衰，必致求为一花子老婆，而不可得！

一般贪心无厌的男子，全以为世人皆有死，唯我永不死。一般狂交男友的女子，以为世人皆有老，唯我永不老。归终，前者害了别人，苦了自己，祸及子孙；后者便宜了别人，苦了自己，累及家庭。

女子是没有准主意的，可是打定主意之后，比男子格外坚决。

女人为“醋”而与男子争吵，是世上最有趣味的；为“钱”争吵，是世间最可厌的。

女子有美色，如同人有巨财，这两样，也可以说是福，也可以说是祸。财巨，则招小人垂涎；色美，则无论君子小人，全要垂涎。英谚说：“美色引盗甚于黄金。”财多了虽能是祸，人人全愿发大财，并且求而不厌其多。色美了虽能引盗，女子全愿有丽色，并且竭力进益其美。这两样思想，既然去不掉，世上焉有安宁的日子！

易经上说：“冶容诲淫。”英谚云：“女子与樱桃因色而得祸。”古今中外的女子，因好修饰而失节丧命的，难以数计。

近来有一些文明的男子，若有人称他为某某先生，他就以为不受听；呼他“密斯特（Mrs.）某某”，他才觉着痛快。近来有一些维新的女子，若有人呼她为某某小姐或某某太太，她也以为不入耳；必得呼她“密斯（Miss）某某”，她才觉着舒服。假如他们或她们有外国名字，若再用那外国名字称呼他们或她们，更是乐得手舞足蹈、欣喜若狂。

世上若无女子，男子的生活，实在是干燥乏味；世上若无男子，女子的生活，也是寂寞无聊。所以上天生了男，又生了女。男女并生，是调解干燥，慰藉无聊。禽兽之牝牡相偶，雌雄互配，也是如此。

青年的男子爱财，多是送给女子（或有穿在身上，或吃在肚里时）；青年的女子爱财，是穿在身上。老年的男子爱财，是孝敬女子，或遗给儿孙；老年的女子爱财，是锁在柜里。实在说起来，还是年老的女子有阅历。

妇女们的衣饰打扮，全是为迎合男子们一时的喜好而起的。当初的穿耳缠足，与现在的光腿、露臂、烫发、束胸，都是一理。至于是否合乎卫生，她们决不注意。假若男子们，非瘸腿的不娶，非驼背的不要，我不知她们又当如何对付？我不恨盲从的，我独恨作俑的！

我国人，称丈夫喜听女子的话，为喜听枕边之言。英国称喜听帐中说法。枕上与帐中，原没有什么秘密，但是添上一个女子，尤其是美貌的女子，立刻就增了无边的魔力。任凭你是天大的英雄，到了这个地方，也无法称雄。任凭你尊为一个国的首领，到了这个地方，也是胸无主见。因为这是女子的势力范围，你绝难反客为主。你纵能恃强叫横于一时，也不过如同外族的势力，侵入中国领土的一般，不久也被同化了。

我听说某机关，有四位女办事员，其中有一位极能办事，可是因面貌不美，竟被开除了！某当局既不是要娶妻，何必如此认真，我不禁为有才无貌而欲求职业的女子们痛哭！

美丽的妇女，到处能受欢迎，到处能占便宜。在电车上，或娱乐场所，得男子让给座位的，多是青年貌美的！就是女丐，若面貌可爱，也能得意外的施舍。但我的游踪几遍全国，就未曾遇到一个美妇人讨饭的！

英国皇家杂志登了一段小品文字，说："某大学校，通伦敦城有一条铁路，来往的多是那大学的学员。有一天人数众多，非常拥挤，一位老者上车，费了许多好话，竟得不着半个座位，遂蹒蹒跚跚地下去了。少时上来一个青春貌美的女子，车中人全都争先让座，唯恐她不赏光。她得着之后，立时向车窗外喊了一声'祖父'！方才失败的老者，就上来赶紧坐下了。那女子对车中人，嫣然一笑，道了一声谢谢，立时下车而去！那些大学生们，全都悔恨交加，然而也不好再说别的了。"我不怪那些大学生们，我独佩服那位老者，善能利用青年人的心理。

世上可怕的，不是拥兵百万的军阀，也不是狼心虎性的土匪，乃是千娇百媚、工颦善笑、弱不胜衣的女子。军匪盗匪，只能害人的性命；荡妇娇娃，则能灭人的灵魂！死于军阀盗匪，尚觉九泉抱恨有所不甘；死于美人，则觉死有余幸，死亦甘心！

英国查特顿说：“世上最快乐的国家，是那没有历史的。也可以说是那没有妇女的。”我看他那第二句话，有点过激。没有妇人，焉有人类？没有人类，焉有国家？可以改一句说：“最快乐的国家，是那少有恶妇的。”

我国记载男女的数目，总是写男多少名，女多少口。我不知是什么来源？我国的惯例，称马之多少为匹，牛为头，犬为条，鸡为只，唯独对猪则称口，妇女之多少也称口，与猪一样的计算，未免是污辱她们了！按孟子说，口字并不分男女，为何现今，偏用在妇女的身上呢？

有人说：“我国旧式的妇女，没有知识，不知爱国。”我驳他说：“无论新式旧式的女子，全知爱国，不过她们所爱的国不同；旧式的女子爱本国，新式的女子爱外国。你若不信，就请注意她们的装饰，究竟哪一派的女子，替外国人销货多！”

假若一个男子对他朋友说：“女子在德，不在貌。”不是他朋友的女人丑陋，就是他的女人不美！

明陈继儒先生说：“男子有德便是才，女子无才便是德。”

那才字不作学问讲。我国一般腐儒，竟以为不使女子读书，便是养德的良法，实在是错误了！不读书的女子，未必有德；读书的，未必无德。德之有无，在天性，在习染，不在读书与不读书，要知“善人读书愈善，恶人读书愈恶”。俗谚说“沿街跑的贞节女，柜里锁的养汉精”即是这个道理！

汉高祖虽能，于五年之间，取得天下；然而数十年间，竟不能制一女人（吕后）。可见驾驭一些雄威猛将，较对付一个荏弱女子，不容易！

自己冰清玉洁，纵然坐在娼妓群里，若不卖淫，也不失为烈女贞妇，何必怕人议论？自己行端履正，纵然处在贼盗群中，若不偷窃，也不失为正人君子，何必怕人指责？假若卖淫还要防娼妓的名字，偷窃还要避盗贼的称呼，那就是欲盖弥彰，心劳日拙了！

自从欧风东渐，我国的维新，就如同《后汉书》所说的“城中好高髻，四方高一尺；城中好广眉，四方且半额；城中好大袖，四方全匹帛”。信效的程度，总要超过原来的范围。试以文字而论，就有一点过了火。譬如他字，英文分 he，him，she，her，原是为表出两性来，使听者读者，易于明了。我国新文学家，造出一个“她”字，表明所说的人，是一个女人。用在白话文里，尚觉有趣。至于“你”字，英文中只有 you 字，并无阴阳之别，男女之分。因为彼此谈话，或互相通信，谁也不知谁是男的谁是女的，不必再把性的区别表示出来。想不到，我国一些维新改良的男子，与他的女人或情人通信（白话信），居然将“你”字改为“妳”字，未免是画蛇添足；假若依此类推，将来的男子自称，必要用“俄”字，或“俉”字；女子自称，必当用“娥”字，或“娪”字了！

《女国漫游记》上说：“上帝造出美人来，是要使男子们相信他‘上帝’是万能的！”又说：“男子生来无论如何完美，也不过是如同一块未琢磨的宝石，非经妇女的柔荑之手琢磨一番，不能达到完善的地步。”

有人向我说：“对待妇女最好是用‘兵法’。”我回答说：“兵法不外抚士贵诚、制敌尚诈与虚者实之、实者虚之、虚虚实实、神而明之、存乎其人等等的印板话。然而对待她们，比应付强顽的敌人还要难上加难。用诚用诈，用实用虚，有时全不中用，结果还要‘弃甲曳兵’而走，成了她们手下的败将。最好是利用孔子那句话‘敬鬼神而远之！’”

男子听了人的话，多由左耳入，右耳出；女子听了人的话，由两耳入，一口出。

交际场不过是一个赛衣饰赛容貌的展览会！有财无貌的妇女，不必去；无貌无财的妇女，更不必去；有貌无财的妇女，尤不可去！

一切的娱乐场所，全是为少数的人准备的，是贵族式的，与多数的平民，无少益而有大害！贫苦的男女进去，招人讥笑事小，习染奢侈事大！习染奢侈，即是堕落的第一步！

世界愈文明，人格愈堕落，拜金主义与拜色主义愈发达，将来贫穷的男子，与丑陋的女子，必归天然淘汰！此之谓优胜劣败，这就是文明进化！

男子有财有势，到处能受欢迎；女子有美色，也是如此。至于学问道德，也不过是附属品，有无均可。然而财势，是可以用人力谋求的；美色是天生长就的；可见女子生活一世，较比男子更难些！

我奉劝爱交女友的男子，对女友千万不可存“黄鼠狼给鸡拜年”的心理。你若不想同她结婚，最好是不与她相交，否则即是背叛道德。道德到现在，固然是不值半文钱，然而良心上，总要过得去！

英国格言说：“爱笑的女子，容易下手；贪便宜的女子，容易上钩。”

女子若不愿入男子的圈套，最好是对于他们冷若冰霜，一芥不取。

金钱能买真美人，而不能买真爱情；真爱情是无价之宝。

除了强奸以外，男女若发生深切关系，追源祸始，女子是主犯的多。

女子吸引男子的能力大，男子引动女子的能力小；女子若端重沉静，男子决不敢放肆轻薄。

美花未必全有好的气味，并且多半有毒，是不可轻易尝试的；美人也是如此，是不可轻易亲近的。

真美人无须调脂弄粉，真名士决不故意矫情。

恶妇可怕；淫妇可怕；贪妇更可怕。恶妇能逼死你；淫妇能迷死你；贪妇能气死你。恶妇淫妇，有时还有爱情可言；贪妇只喜金钱，并不知爱情是什么东西！

同一汗也，出在女子身上，就称之为香汗；出在男子身上，就称之为臭汗。我国恭维女子，惯能锦上添花。假若依此类推，凡女子身体里排泄出来的一切东西，当无一不香了！我国何尝重男轻女！

俗语说："男看女，先看头，慢看脚；女看男，先看脚，慢看头。"不但中国如此，外国也是这样。

妇女在二十至三十岁之间最有趣。二十岁以前，她竭力充老；三十岁以后，她竭力充少。

英国《好伙伴》杂志说："一个女子若在众女子中间，失去了威权，必是在某一个男子身上，得着威权了。"

日本古语说："美人之精神在镜，武士之精神在刀。"我极怕这两样人有精神。他们一长精神，就与人命不利。欲保人生与社会的安宁，最好是取消镜与刀这两种东西。

女子天生的毛病，多是喜欢奉承，贪小便宜。中外的男子，多是利用拍马屁、灌米汤、装老实、献殷勤四种虚伪的手段，以达他们的欲望。

中外有以性命或金钱交朋友的，决无以身体交朋友的。我劝特别时髦的女子，要珍重玉体，不可任意布施。

西国社交，早已公开，世代相传，男子们的诡诈手段早已被女子们阅历过了，所以上当的少。我国妇女，乍得解放，初入社会，所以受骗的多。要知男子对妇女接近，有几个不是存着欲望的心理！

有人对我说："有女招待的饭馆，饭菜多半不堪入口。"我回答说："古人曾说过'秀色可餐'，又说'秀色疗饥'。秀色既然可餐，又可疗饥，菜饭的好坏，又有什么关系？你没听平津的下流人说'吃女招待'么？"

青年妇女，喜爱活泼的男子；中年妇女，喜爱有权势的男子；老年妇女，喜爱能赚钱的男子。无论何种妇女，决不喜爱终日埋头书案、不事生产的书呆子！

世上有两种怪物——不爱女性的男子，不爱男性的女人。

男子幼小的时候，母亲的玩物，长大了的时候，是女人的玩物，一生也脱不出妇女的势力范围。

最时髦的妇女骂旧式的女人为玩物，旧式的骂新式的为玩物。究竟她们两派中，哪一派名副其实，真令人不敢断语。

女子是世上的可怜人。无论世界文明到了什么地步，她们也不像男子行动自如，加以生育乳养的苦楚，更是一言难尽。不但人类如此，就是禽兽虫鱼，也是以雌的为最可怜！

禽兽虫鱼，全是雄的有美色或美声，用以引动雌的。除了天然的色与声而外，再无能为。在人类中，这两种特点全被女的占去了！何况再加上一分人工修饰呢？又何怪男子们，被她们引动得神魂颠倒呢？

《伦敦邮报》说：“女人是图画，你只可以看，不可以听。”

妇女的悲哀，如同夏天的暴雨，来得猛，散得快。

英国伍兹说：“妇人在青年的时候，爱丈夫；中年的时候，爱成衣匠（即好穿衣服）；老年的时候，爱她自己。”

男子有两种快乐：一是心中时时刻刻存着一个妇女；一是心中毫无一个妇女！

皮尼洛说："假若一个男子，能使六个女子，对他注意五分钟，他那能力，足可使全院的议员，对他注意一小时。"

凭项羽那种性质，那种相貌，真令人不敢亲近，然而竟有虞姬，作他的知己。古语说："得一知己，死而无憾。"男子中的知己本不易得，何况女子中的美人呢？老项真是千古的幸运儿。刘邦虽能享九五之尊，也不过是一个苦小子！

美人如河豚，男子虽然知道，吃多了或不会吃必死，然而全是死了甘心，拼命争食！

骨瘦如柴的穷公狗，绝没有别的狗讥笑它；缺皮无毛的老母狗，也是有公狗和它讲恋爱。可见狗的社会，比人的社会容易对付。

中外各国记述美人，多是如同神龙见首不见尾；因为若说出她们老年的情形来，实在能减人精神，未免是味同嚼蜡。我国史书中，唯独对于武望，还说她到七十岁，重生新牙，不觉衰老。对于夏姬，还说她年逾七十，而鸡皮少三，且能与巫臣苟合，再生一女。她们两人到老，纵然还能以色惑人，也不过是回光返照而已。书中叙述得虽好，也不足动阅者的兴味。古人说："好花看到半开时。"也是这个道理。

真能得女人喜悦的男子，是那种虽然不在她面前，也能使她时刻不忘的。

《伦敦妙报》说："女人是图画，你只能看，不可以听。"

十个男子中有九个半对女子是贱骨头。女人对他们，万不可视如神圣。要知他们，不论多有权威，多有学问，见了女人，也不过是要变成一个大孩子。古今中外，能操纵男子的女子，全是利用他们这种缺点。女人若是对他们毕恭毕敬、假充道学，就是自掘坟墓！

美貌的女子，能吸引男子；唯独有手段的女子，始能吸住男子。

美人着破衣，必招人怜惜；男子着破衣，必被人轻视。

戴假面具的人，最当严防。然而个个男子，全喜欢戴面具的女子。她愈失了真面目，愈能使男子们如疯如狂。

女子增加一种修饰或一种能为，男子对女子，就增一份要求。当初，姑娘缠足，以后男子选妻，就注重小脚。今日女子，谋求职业，此后男子选妻，就注重女子的技能。名目上是提高女子的人格，实际上是给女子多添了一分苦恼。

女子是极端主义者：她们守旧比男子顽固，维新较男子盲从。

美女子要想独立，必办不到，因为要扶助她的人太多；丑女子要想独立，更办不到，因为肯用她的人太少！

数年前，我在北平某教会学校教英文的时候，某次由美国教会，派来五位立志教书的洋密斯到校教书。教了不到半年，仅剩下一貌丑密斯，其余四位，全都各教一个人（丈夫）去了。可见俗语说“好货剩不下”是不错的。外国女子有了如意的丈夫，也是不愿谋求职业。

人类中有美丑之分，有贫富之别，有强弱之殊，有贵贱之差，人类永远不能平等。若人人在法律上能平等，那就是真平等了。何必口是心非，高谈阔论！

有人问我：“为什么现在一些贵族化的摩登男女全大喊到民间去?”我说：“因为他们如同败家子，如同微生物，他们即将城市中的愚人传染坏了；若不再去传染乡间的愚民，他们怎能甘心?”

女子的普通性：若有一千件好衣服，恨不能一天全穿出去！

女子的心是静的，她们所以终日东跑西遛，不过是被几件好衣服驱使的！

世上若无男子，女子决不擦脂抹粉；女子之所以爱美，是因为男子爱美！

中国古语说：“女子失贞，天翻地覆。”希腊大贤苏格拉底说：“失了贞操的女子，无罪不敢犯。”全是一个道理。

对女人要温存，不可太温存；要疼爱，不可太疼爱；要亲近，不可太亲近。

从来男“著作家”中，少有官吏；女“著作家”中，绝无美人。官吏和美人绝没有余暇，做作这种无聊的傻事！

在野蛮时代，美人操纵英雄；在文明时代，英雄被美人操纵。

男子见了美人，不愿看的，必是瞎子；屡屡看的，必是愚人；看了之后，不动妄念的，才是智者。

男子欲得女子的欢喜，第一须要养成赚钱的本领；至于穿洋装、搽雪花膏、点红唇、留背头、打球、赛跑、跳舞、溜冰，全不是根本的办法。

打倒贞操的问题，也有一种好处，因为养了女儿，在她未嫁之前，可以省去许多的恐惧。

英雄与美人的声名，以所害的人数为断——害的人愈多，声名愈大！

女子遇患难而哭，能动人的怜惜；男子遇患难而哭，必招人讥笑。因为哭是女子的专利品。

我一见交际明星，我就她的老境大抱悲观；我一见强横的要人，就替他的前途大生恐惧！

年老的美人，与失败的伟人，有同样的感想——恨不能再回复往日的威权。但是伟人遇机，还可死灰复燃；美人一老，便灰飞烟灭。

男子骗女子，十个骗半个；女子骗男子，十个骗十个！

女人是男子的照妖镜，无论如何善于装模作样的男子，经她们美目一照，立时就神经错乱，现了原形！历史中这种前例，书不胜书，记不胜记。

女子是烈火，男子是干柴；女子是肥鼠，男子是馋猫。

女子如同吗啡鸦片，是安神止痛兴奋的药品，只可偶然一用；若不知节制，轻则败家，重则丧命。

女子生得愈美，修饰得愈快；打扮半日，才离妆台的，必不是真美人。

明娼的恶制，始于管子剜肉补疮的政策，管子实在是人道的蟊贼。

娼妓的制度，不但污辱女性，并且招起男子轻视妇女的恶心，此外更能提倡奢侈。俗语说："贫学富，富学娼。"欲劝女子俭朴，不可不扫除娼妓！

我最痛恨龟鸨，他们能将好女子的天性，教练没了，而变为土匪。欲除娼妓，先诛龟鸨；欲灭土匪，先灭军阀！

有人说："兴娼与城市的繁荣有关"，我看只能与城市增加危险，正是饮鸩止渴。曾国藩平定南京，利用娼妓，兴复市面，实在是他的大罪！

有人说："禁止明娼，必增暗娼。"我说暗娼决不敢明目张胆，招蜂引蝶；逛暗娼的，也不敢呼朋引类，任意放纵！

上帝当初造了男子之后，用他的神意一断，知道男子是不易管教的一种东西，所以上帝又用尽心力，细加工，造了女子，造成一看，就说："有替我行使职权的了！"

什么叫环境所迫？好女子饿死，决不为娼。什么叫环境不良？好男儿饿死，决不为贼。

为吃饭而为娼为盗的少，为奢侈而为娼为盗的多。

解放与放荡的区别，如同狗与狼子野心的区别，形式略同，性质大异。一则与人有益，一则与人有害，要当细加考究，不可误认。

男子的学问愈大，愈易遭女子的玩弄，愈易被女子所轻视；女子的学问愈大，愈不能驾驭男子，并且男子愈不敢亲近。

只要女子有不用劳力而能生财的特点，女权永不能提高！

只要女子修饰容貌的心胜过追求学问的心，女权永不能提高！

女子的头，多是用“磁石”做的；男子的头，多是用“铁”做的。她们的头愈美，吸力愈大。一个美人走过之后，男子多回头观看，就是证据。

脂粉，眼泪，是女子的武器。金钱，势力，是男子的武器。男女间的战争，不可缺乏这四种东西。

钓美人，以金钱为饵；钓英雄，以美人为饵。然而有不爱金钱的美人，绝无不爱美人的英雄！

朱熹说“闺门之内，须肃若朝廷”，实在是强人所难；张敞说“闺门之内，夫妻之私，有甚于书眉者”，才是实话实说。

陆道威先生说：“闺门之中，最难是敬字。”敬是不敢放肆的意思，可见他这话是极有阅历。

女子滥交男友，固然是个人的自由，然而须防备始乱终弃的苦恼。

女子不动心就能应酬男子，男子不动心决不能应酬女子。

女子既有这种良能，莫怪男子受女子的欺骗。

肯为自己前途想的女子，决不滥交男友；肯重视妇女的人权的女子，决不为男子的临时夫人！

所谓征“女友”者，不过是包暗娼的别名，既可防花柳病的传染，又可避免寻花问柳的声名。这种人反以文明自居，反说尊重妇女，我只以为是“大爷有钱，女子肉贱”。

据我调查，现今街上，揽腕抱腰，招摇而过的青年男女，仅有二十分之一，是正式夫妻；并且这种正式的夫妻，也多是有时间性的！

现今一些高谈恋爱的青年男女，全因有了孝顺的父兄，先替他们（她们）填饱了肚子，万不可错看他们是多情的先知先觉！

女子男化，是自绝于正人；男子女化，是自绝于贤女。

妇女对于光阴，多是不知爱惜的，有时她们因为出门半小时，竟肯费三小时打扮；因为接见亲友五分钟，竟肯费六十分钟修饰。至于在修饰打扮之前，所耗于计划如何修饰打扮的光阴，尚不在内！

猫一生的光阴，睡眠要占去四分之二；修容要占去四分之一；其余的四分之一，是它清醒与活动的时间。

女子之头，多是用"磁石"做的，男子的头，
多是用"铁"做的。她们的头愈美，吸力愈
大。一个美人走过之后，男子多回头观看，
就是证据。

都市中的妇女一生的光阴，平均合计，睡眠占去四分之一；修饰打扮占去四分之一；思虑、哭笑、争吵，占去四分之一；其余的四分之一的光阴，是害病与活动的时间。

朱子说：“肯为别人想，是第一等学问。”若男不肯为女想，女不肯为男想，子女不肯为父母想，官不肯为民想，只谋自己的幸福，而使他们陷于悲惨的境遇，纵然留学八百国，读尽五车书，深通马克思，熟习易卜生，也是一个不通的人！

据现状推断，与其说“提倡妇女职业”不如改为“提倡年轻美貌的妇女的职业”，方觉名实相符。

女子愿得男子的亲爱，不愿得男子的恭敬；男子对女子的心愿，也是如此。因为亲爱是实惠，恭敬是虚荣。

有人说：“现在时髦女子，露得肉多，可以俭省衣料。”我说：“露出的肉多，搽得粉多；露臂搽臂，露腿搽腿；露到何处，粉就搽到何处。结果，粉的消耗，将与衣价相等，或高过几倍！”

老式的妇女，每日搽粉一次，其中爱美的，到黄昏再擦一次。摩登妇女，一日扑粉几十次，然而她们偏说，老式妇女甘作玩物。

女子“奢侈”化，男子也不能不随着前进。我读元明末年的历史，再看目下我国摩登妇女的现状，常存亡国的恐惧。

住在城市的人，虽不能如古时的男耕女织，也不当像今日的男游女荡。

我国人民现状，实在可笑。有些乡间的男女，还度十五世纪的生活；有些摩登的男女，已经超过二十三世纪了。可谓："新的太新，旧的太旧。"

阻男子进步的是钱，阻女子进步的是色！

男子不讲人格，亡国灭种；女子不重贞操，天翻地覆。

真爱国的伟人，必不容外力侵入；真自爱的女子，必不容外势侵入。

人尽可夫，不是提高女权；朝秦暮楚，不是真正解放。

大开门户，任人交通的邦国，必是弱国；大行布施，送往迎来的女子，必是贱货。

日日不离绣房，坐吃闲饭的女子，可怜；天天串饭店，寻求野食的女子，可恨。

据我误人子弟多年的经验：凡天天上堂听讲，时时追求学术的学生，是男必穷，是女必丑；因为这两种人，全是没有仗恃的。

男对女，精疲力竭，是他当尽的义务；女对男，若稍加体贴，就是她格外的恩典。

提倡女子职业的男子，若肯用老而且丑的女子，才是名符其实；若以年龄面貌为取舍的标准，莫如打倒提倡女子职业的口号。

丑女子如同无产的男子，容易养成暴烈的习性；美女子如同富家的子弟，容易养成放荡的嗜好。

丑女虽无人愿娶，然而有钱的丑女，一个也剩不下。因为她们的钱并不丑。

处妇女之道，若敬而远之，她对你更亲更热；若亲而近之，她对你必冷必疏。

女子与女子，不易结团体，其中若加上一个男子，则更不能结团体。

女子对你发言，圈子愈绕得大，小注愈加得多，愈是对你有情意。假若她对你直截了当，斩钢截铁，你须多加小心。

丑女与丑女，可以相交；富女与贫女，可以相交；丑女与美女，有时也可以相交；惟美女与美女，永不能相交！

社会公开，易使妇女多置几件衣服，多费些脂粉，多用些香水，多耗些精神，多增些烦恼，多生些闷气，多招些灾病，多受些议论，多得些批评。

小孩子全喜欢妇女的戏弄，不喜欢得她们的恭敬。男子不过是长大了的孩子，妇女若想得男子的欢喜，就拿他们当孩子待。

男子变心，还挽得回来；女子变心，则无术可治。

得罪了朋友，还有复交的日子；得罪了朋友的妻，你同你朋友的友谊，就到了尽头了。

男女之事，愈不易接近，愈有趣味；社交极端公开之后，男女引吸之力，必日渐缩减。

据我的观察，所谓尊重女权者，不过是尊重女人的貌而已。

自从社交公开，与男女增添了许多方便，与旅馆饭店，增添了许多特别的收入；然而妓院，实受了极大的影响。人说这是废娼的先兆，我以为这是“娼化”的流行！

男子爱女人，仅注意外表（面貌），不注意内容（学问）。所以由大学毕业或留过学的女子，操纵男子，反不敌一个目不识丁的乡下姑娘。

面貌是女子的选举权与被选举权。

在娼寮中寻贤良的女子，难于在山林里找驯良的豺狼！

男女之间，愈神秘愈好。愈神秘，愈能动人的幻想，愈能增加兴味。假若打倒衣服，赤裸往来，白身相对，反要减少了两性间的吸力！

妇德坏而罗马亡，自古以来，国家兴灭，少有不以女子的人格堕落与否为断的。

惯听女人的话，是太糊涂；轻视女人的话，也不聪明。

女子的话，有时你当从反面听：她说恨你，正是爱你；她说不愿再见你，那是离不开你了。

有“名”的男子，多是骗子；有“名”的女子，多是荡妇。

近来报上常载女子来函，有人说，那全是报社的编辑先生们伪造的。其实真伪极容易看出来，假若是女子写的，前后必有许多不必说的客气话。

姑娘较妇人多客气，因为是少阅历；妇人较姑娘少客气，因为她吃过客气的亏了。

55

近来报上，登载妇女在街上乘人力车翻倒的新闻，必要加上“两脚朝天”四字。男子翻车则不加这样的点缀。实在是一种不道德的记述，里边隐含着许多恶意！

男子是他所喜爱的女人的奴隶，是他所不喜爱的女人的主人。

某医生说，接吻有种种的害处，最容易传染疾病。有人问他为什么他常同女子接吻？他说她们的口，全是经他消过毒的！

好嫖的人，不是喜爱妓女，他们是以为妓女喜爱他们。

天下的乌鸦一般黑，天下的妇女是一个心理。你若明白了中国妇女的心理，外国妇女心理，就不问可知。你若能得中国妇女欢喜，你应付外国妇女，也必能得她们的欢心。

个个女人，全自认为是最美丽的，只是缺乏好的装饰。

有人问我：“对女招待改称女店员，有什么意见？”我回答说：“先要正实不必正名。否则，即必称女祖宗，也提高不了她们的身份。”

女子讲社交，最得利益的是绸缎商、成衣匠与卖化妆品的人！至于“互换知识”一句话，不过是好听。

苗族的跳舞（俗称跳月）最有价值、最为纯洁；因为他们是为使青年男女结成婚姻，并不是纯为男女互要摩擦着取乐。

我所最痛心的是，甘愿应征而为“女友”为“伴侣”的女子，多是受过教育的！

在不开化的时代，男子追求女子；在开化的时候，女子追求男子。世界愈进化，女子愈失了尊严，男子愈得其所哉！

非有狠心的男子，不肯嫖娼妓；非有狠心男子，不肯征女友。征“女友”征“女伴”的恶风，是主张解放妇女、提高女权以后，才由中国人发明的。在洋报上，我只见有征妻或征夫的。可见中国人，若文明起来总要过度。

美人的妆台，实在比文人的书案有价值；美人的一笑，实在较文人费一斗心血所作的文章更有价值。

在从前，男子以女子为玩物，是在家里玩；现在以女人为神圣，反在街上玩了！

美人的专制，甚于暴君的专制。人对于暴君，是不敢不服从；对于美人，是不忍不服从。不敢不服从，或有反抗的可能；不忍不服从，只有鞠躬尽瘁。

日事游荡的妇女，见着村女乡妇，惯加讥笑；我不知究竟她们谁可笑?

男女之间,不可一味的顺从;无论什么事,不时用一些反抗的表示,才能格外发生兴趣。

旧式的女子,脚愈小,愈是聪明的;摩登的女子,鞋跟愈高,愈是聪明的。愈是聪明的女子,愈肯苦害自己的肢体。

美而且贤的女子,是世上的无价之宝;只可惜太少,更可惜个个女子,全自以为是又贤又美。

女子若能将《聊斋》里那篇“恒娘”熟读一遍检练揣摩,神而明之,必能将男子玩弄得神魂颠倒,心服口服;较比熟读几大本《男子心理学》还能得实效。

十个女子,九个矛盾;所以她们最不喜爱矛盾性的男子。换一句话说,男子若没有坚决的意志,决不能战胜女子的心。

女子的记忆力,较男子的格外坚强,只可惜他们专能牢记男子的坏处,易忘男子的好处。在十年前,你若骂过她一句,她也忘不掉;在十分钟前,你虽对她磕了一千头,她也不记得。

愈是美丽的女子,疑念愈大,她们总以为男子们对她们不安好心。有钱的男子对人交往也是如此。

世上唯中国人最能利用好听的话装饰门面，明明是斗不过女子，反要说“好男不同女斗，好鸡不同狗斗”！

“柔媚”是女子的美点；“刚勇”是男子的美点。刚勇的女子与柔媚的男子，是反乎自然的可厌之物。

男子怎样才可以不被女子所愚？不迷！女子怎样才可以不受男子之骗？不荡！

两性所以能互相吸引，就是因为所赋的天性不同。人若竭力同化这两种天性，即是与自然背道而驰，不但减少男女的爱情，必致劳而无功，两败俱伤！

女子较男子，多有道德，多知节俭，并且虑后之念，也比男子周到。

过了二八月，母狗见了公狗，垂头丧气，夹着尾巴，贴着墙根走；正当二八月，母狗见了公狗，趾高气扬，竖起尾巴，横着街心走。我为二八月后的母狗伤心，我对二八月中的母狗痛恨。

二八月中，狗道大兴；公狗母狗，霸占街衢，填塞巷口；狺狺之声，聒耳欲聋；吃醋争风，乱成一片；跳舞抱腰，出尽风头。社会的秩序，虽然大受影响，幸而一年之中，仅有两次。假若男女，实行狗化，社会间欲求片刻的安宁，也不可得了！

搭姘头，偷汉子，钻狗洞子，就觉得刺耳难听。交男女，开房间，实行同居，就觉得名正言顺。其实也不过是八两，半斤，A + B，B + A。

从前的女子，以交男子为莫大的羞耻；现今摩登女子，以交男子为莫大之光荣。甚至结交的男子愈多，愈可得一个交际明星或社会之花的美誉！

无论如何吝啬的男子，对于女子，无不慷慨好施。

将男子练成流氓化不是进步，将女子练成流娼化不是文明。可惜现在竟有一班自命为先知先觉的人，假借解放之名，竭力诱导无知的青年男女，赶快地往这自杀杀人的途径上走！

有女子只知爱美，并不知卫生：你若规谏她们，说某种修饰不合卫生，那简直是白费唇舌。在她们的心目中，全认定“朝为美，夕死可矣”！

中外的男子，是一样的心理；中外的女子，也是一样的心理；中外的狗，是一样的天性；中外的猫，也是一样的天性。

狗之性，宜于御外；猫之性，宜于安内。所以狗利于防盗，猫利于捕鼠。若弃其所长，用其所短，必致内外不安，多生扰乱，归终，将狗害了，猫也毁了。这不是敬狗尊猫，正是害猫毁狗。

狗猫受了训练，练不去狗性猫性；男女受了教育，教不去男性女性。因为教育与训练，是人为的，性是天生的。

非打倒羞耻，不能人尽可夫；非人尽可夫，不能男友如云；非男友如云，不能实行狗化；非实行狗化之后，不能打倒羞耻的束缚。

羞耻是女子的美点，也是最能引动男子的威力。

男子爱看女子，是因为她们可爱；女子也爱看女子，是因为她愿知道，她们为什么可爱。

活泼的女子可怕，呆板的女子可厌；唯有时呆板有时活泼的女子最可爱。

某交际明星对某女子说："多搽一次粉，少读几篇书。"她这句话，实在是从阅历得来的！

英国格言说："有学问无阅历，不如有阅历无学问"。若以女子而言，我可改一名话说："有学问无美貌，不如有美貌无学问。"

大学问的女子，只能得人敬，不易得人爱；大学问的男子，也是如此。

多数妇女的贞操，不是失之于淫荡或金钱，而是失之于

不是敬狗尊猫，
正是害猫毁狗。

男子的马屁。

有些摩登女子，讥评旧式妇女的生活为“监狱式”的。岂知监狱式的生活固不自由，然较“野狗式”的生活，还有一个长久的饭碗，到老也不致变成一个无人要的母业障。

中国的男女不平等，只是在旧礼俗与旧法律上的分别，其实哪一个男子家里没有一个涂脂抹粉的活菩萨？有几个男子不是崇拜这活菩萨的？

男女的真平等，是各尽天赋的特长，分工合作；并非男尽女职，或女夺男工。

古礼所说“男正位乎外，女正位乎内”，并不是重男轻女。外也不尊，内也不卑；正如外交总长与内务总长，职任虽殊，名目虽判，不过是各以所长，尽其专责。

由父精母血而成胎，由精血化合的不同而判男女，由男女的生理殊异而良能各别；因良能各别而分任人生的职务。即同是出于一源，有什么贵贱尊卑可分？

犯大罪的男子，多是有才的；犯大罪的女子，多是貌美的。

才与貌，善用之，则为福源；不善用之，则为祸根。

淫女邪男，多出于仕宦之家；贞女义士，多生于蓬门小户。

对别人家的女子，竭力鼓吹女权，竭力倡说解放；对自己家的女子，竭力摧残女权，竭力施行锁闭——这是现在多数提倡男女平等者的现象！

修貌而不修心，是女子的大病；顾财而不顾名，是男子的大病！

女子应付男子，有三要素：或有貌，或有钱，或有手段，最不可少的是手段。貌有衰老，钱有尽时，唯手段，则愈用愈精。

好说好笑，固然是女子的缺点，可是最易对付；沉默寡言的女子，固然是少有的，可是最难相处。男子也是这样。

男子年龄愈高，看女子愈美。

对女子没有狠心的男子，才是真正男性的男子。男子若对一个女子，能施展阴毒手段，世界上任何残酷的事，也能做得出来！

女子是天生玩弄男子的“怪物”。男子在小的时候，离不了她们，愿受她们的玩弄。到了中年，更离不了她们，愿受她们的玩弄。到了老年仍是离不了她们，愿受她们的玩弄。被一个女子玩弄得厌倦了，又必定愿重新投到一个别的女子的手里，再受她的玩弄。

男子无论打定什么主意，一见了女子，就会变了。

英雄与美人，是世上的点缀品。世上没有他们，就觉干燥无味；有了他们，又能使人类多增纷扰。所以上天不使这两种人多生。

英雄应有公心，因为英雄是为群众生的，英雄是应为群众谋幸福保权利的。美人应有私心，因为美人是为一个人生的，美人若以色相布施众生，就要使群众闹得天翻地覆。

女子最不喜欢优柔寡断的男子，唯有英明果敢的男子，才能得她们的爱敬。

什么地方，人多爱去？有女子的地方。什么故事，人多爱听？有女子的故事。什么戏，人多爱看？有女子的戏。什么书，人多爱读？有女子的书。什么新闻，人多爱听？有女子的新闻。

女子的一颗“诚心”是男子的最大的财宝，这种财宝是以全世界所不能换得来的。

女子们并非爱说谎话，是因男子们多不信她们的实话。

十个女子，有九个是永远不知认过的，那第十个是永远不知有过的。

世上若没有脂粉，女子必格外的老实。

女子与男子奋斗，仅求打倒主内主外的分别，正如水栖动物与陆栖动物，争求水陆的不同，纵然因竞争而达到目的，也不适合天性的生活！

北平某女著名作家，时时在报上作文，痛骂高跟鞋并一切不合卫生的衣饰。我近来常有街上遇着她，她的鞋跟，据我观察，竟高于一切（妇女的鞋跟）！这大约是鞋跟愈高，愈合乎卫生的原则。

女子爱美而喜修饰，并不是她们所以易受男子征服的弱点，正是她们天赋的一种征服男子的武力。

交际花（或交际明星）是公共的要物，是惑乱人心的害虫，是导引女子堕落的媒介，是社会中分利的能手，是成衣匠的傀儡，是化妆品商店的游行广告。

近几年来，报纸上登载名闺小照，每每加入善歌舞、精洋文、擅交际等等表扬的词句，我不知是将她们视为何等人物？

个个女子，全有一种天赋的玩弄男子的手段，女子一生的成败，全靠她运用手段的巧拙。

无诚心的女子，至终必弄得遭男子的厌弃；专以容貌维系男子，到底必归失败。

摩登二字，在中国辞典里寻不到，不过是英文 modern 的译音，是“合于时代”的意思，然而在英在美，若将 modern 加于 girl 之前，就含着讽刺或嘲笑的意味。我中国女子，切不可误将摩登姑娘奉为典范，认为光荣！

男子与“难子”同音，他们一生，历尽种种艰难辛苦，十之七八也不过是为讨女人们的喜悦。

“美目盼兮”与“虎视眈眈”，据我看，全隐藏着杀人的能力，全是一样的可怕。无论什么心刚胆壮的英雄豪杰，“美目盼兮”之下，也要骨软筋酥。

某娼妇对人说：“我们这也是买卖生意！”我不禁对“买卖生意”四字毛骨悚然。某舞女说：“我们这是谋女子职业。”我不禁为“女子职业”四字痛哭流涕！

据我所知的交际明星或社会之花，引人倾家荡产的程度，尤甚于名妓淫娼，更可恨的是，她们没有直接担负的“花捐”！

盗贼与娼妓，是人类中的兽性的表现，这两害不除，社会与家庭，永不能得享安宁。尤当剪除的是，无盗贼娼妓之名，而有盗贼娼妓之实者！

雄才美色是人群里的点缀品，这两样虽能增加人类的不安，然而能使单调的人生，增加波澜变动。否则人生就如广漠的平原，毫无起伏的现象，简直就如禽兽，没有历史。

现今良家妇女，终日忙断了十指，不能得一饱；摩登女子，牛夜伸缩两条腿（如跳舞之类）就能鲜衣华服。美而贫的女子，如何能不受激动！

女子是钢锉，男子是顽铁。顽铁虽坚硬，终抵不住钢锉的摩擦。与女子接近，永远是受损失的，接近愈甚，损失愈大。

不要轻视老派的顽固女子，要知她们的人格与对人生所尽的义务，高于一切交际文明社会之花或某地小姐。前者是牺牲个人的精神，增加别人的幸福；后者是消耗别人的精神与物质，供自己的堕落，并且引人堕落！

女子职业固然应当提倡，然而为迎合男子的欲心，含有诱惑性的职业，不但不应提倡，且当绝对禁止；因为这种职业，不但不能提高女子的地位，且足以抵灭女子的人格。

现在某国诱惑妇女遗弃家庭钻入工厂，美其名曰：“提高女子的地位，与男子在社会里争求平等，不再为家奴。”其实，也不过是将家奴变成公仆。家奴还能得丈夫的爱惜，公仆只能受社会之督催！据我个人的愚见，现在研究妇女问题的人，多是要使温柔安善的女子，离开和平的坦途，走入狂风暴雨的歧路，使她们渐次失去自然的保障，而度不合天性的生活！

论男女

论情爱

论婚姻家庭

论性爱

论人生

伯克说："恋爱如同麻疹，患之者天龄愈高，愈不易治。"恋爱中的障碍，如同烹调所必有的油盐酱醋；毫无障碍的恋爱，是毫无价值的，亦可以说不是真诚的。

恋爱是玄妙的，是不可思议的，是世间的音乐。独可惜这种音乐，多是不能永久谐和的。

情人们的口角，有一样缺点，因为口角一次，反增十倍的爱情。

恋爱如同风吹来的种子，是自生自长的，不是人力所致的。

恋爱如同传染病，愈是怕的人，愈容易受传染！

男子发誓永不爱妇人，与发誓永爱一个妇人，是相同的！

妇女的一切情书，不抵她嫣然一笑。

恋爱较结婚多有快乐，犹如看小说较看历史有趣味。

恋爱如同饮食，贪之者常因不消化而死，故当俭约用之。

恋爱如同菜蔬，如同鲜果，若是充分发育到了极点，就毫无价值了！

恋爱之在男子，不过如同书中一章；然而在妇女，则为书之全部。

恋爱的人不能无痛苦——恋爱是痛苦，不是快乐。这话非过来人不能明白。

世间最可宝的是爱情，最可贵的是友谊。

若说恋爱胜过富贵，那是在富贵以后说的；无论男女，若是腹中无食，将要饿死之时，反能向人求婚，那才是真爱情呢！

恋爱如同一种极娇弱的植物，是应小心维护的。

初次的恋爱，是一点遇行同许多好奇的心，组合而成的。

爱情之施于妇女，如太阳之对于花，能使他们增加美丽，增添光泽；必定使她们枯萎，使她们凋谢。

恋爱是一种良知，无须人教导而自能的，也不必竭力地解释，更不必在字典里求明白的定义，因为在文字未发明以前的男女，早就能恋爱了。

恋爱是妇女一生的历史；在男子的历史中，不过是一段插文而已。

妇女一生的苦乐，全以被人爱的期限与程度而论。

爱情不生即死，永不变更之情操，唯性格贫弱者有之。

若是一个女子，不对你说谎了，那就是不再爱你了。

情人们的口角，如同夏天的暴雨，是绝不能耐久的，且要发生更强烈的热度！

每个女子，全以为她现在的恋爱，是她一生的头一次，也是末一次；男子多以为，这不是他一生的头一次，也不盼望是末一次，这是男子们情欲的表示。

支配世界有三样情欲——野心，报复，恋爱。女子总出不了恋爱的范围。

女子对男子说："你若爱我，你不要性急。"若男女真不性急了，她又说："你不爱我了。"哈，女子真难对付！

情人们的口角，如同夏天的暴雨，是决不能耐久的，且要发生更强烈的热度！

女子总忘不了她初次恋爱滋味，男子则反是。

世界上有两种不能用钱财购买的：一是爱情，一是长生。

假若一个女子，准知道男子爱上她了，她的爱就减缩了，或是不爱了！

达文波特说：“世间有两种多而不厌的——钱财与爱情。”

有九种方法，能使女子爱你。这九种方法，无一种不以谎言为要素，因为信假不信真是女子的习性。

常爱妇女的男子，不是真爱妇女的；不常爱妇女的男子，才是真爱妇女的。

男子纵能统率百万健儿，出入于枪林弹雨之间，然而落在他所爱的妇女手里，就像一团软泥，任凭她玩弄而已，

女子失去情人，有两种原因：一是与他结婚，一是仍然拿他当朋友。

男子无论如何，全能得女子的宽恕，只有一件事，是不能宽恕的，就是对她不忠实。

许多的男子，是不得不爱他们的女人，因为知道若不爱，就要增添无穷的苦恼！

世间许多的烦恼，是因为妇女的爱太甚，男子的爱太滥，生出来的。

威尔斯说："没有一个男子配受一个女子的爱，没有一个女子配受一个男子爱。"

杰罗尔德说："妇女的爱情，如同胡须，愈刮得干净，愈生得坚实。"

使女子最动气的，没有比她所爱的男子，又被别的女子爱了。

你不对一个女子说，你爱她，较比你对她说了，她还容易看得出来！

在小说文学里，第一次的接吻，是种种困难的结尾；在事实上，是种种困难的起头。

最好的吻，是永不接的吻。

又说："婴孩的吻有乳味，儿童的吻有糖味，青年的吻有烟味，丈夫的吻有酒味。"

恋爱过两次的男子，是不知恋爱的。

世上最好看的，是情人的面貌；最好听的，是情人的声音。

若是你同时爱两个女子，对她们中的一个说“两个全爱”，她信你；假若说“不爱那一个”，她决不信你。

善写情书的男女，未必是有情的；真正有情的男女，决不买《言情尺牍》。

欲讲真恋爱，须重真道德！

纯正的情，发于两性之间，互相牢吸，不容有第三者（不论男女）加入，不纳任何戒劝，不受任何诱惑，贫富不足夺其志，生死不足易其心，海枯石烂，始终如一，始可谓之为恋爱；否则即是恋奸。

有人问我，对于三角恋爱有什么意见？我回答说：恋爱只有两面的，并无三角的；既然成了三角，那就是两情不坚，二心不定；不坚不定，还称得起什么恋爱？

所谓三角恋爱者，不是二男一女，成一个“嬲”字，就是二女一男，成一个“嫐”字。（“嬲”，是戏弄相扰的意思，“嫐”是柔弱无勇的意思。）全是不良的现象！可见一男一女的恋爱，才是正当。

整个的爱，谓之情；破碎的爱，谓之欲。情有永久性，欲是一时的。可惜多数的摩登女子，专喜接受人的欲！

杰罗尔德说：“妇女的爱情，如同胡须，愈刮得干净，愈生得坚实。”

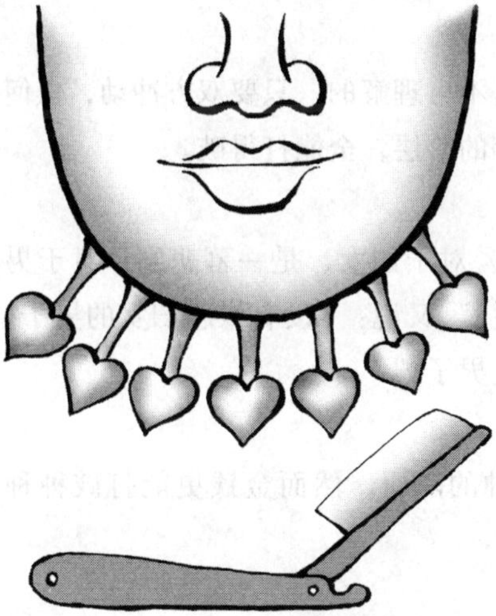

女子常对所爱的男子，假装冷淡；男子则对所不爱的女子，假装亲热。

世界上动物之中，最不讲恋爱的，当以蜘蛛居第一位；我们永远也不能看见两个蜘蛛，在一个蛛网上。

女子对于恋爱，比男子加倍的诚恳；对于报仇，也较男子加倍的狠毒。

爱情虽非金钱可买，无金钱，也不能使爱情坚固。

处女的胆量最小，然而她与某男子发生了恋爱，她的胆比天还大。

恋爱是不可思议的，是不可理解的。只要双方冲动，任何贫富、老少、美丑、尊卑等的阶层，全能打得破。

《伦敦邮报》说："恋爱对于妇女，是一幕悲剧；对于男子，也不过是一部短篇小说。"又说："没有嫌恶妇女的男子。不喜爱妇女的男子，必不是男子。"

爱情固然可以打破种种的障碍，然而金钱更能打破种种的爱情！

男子欲引动女子的爱情，必须力趋男化；女子欲引动男子的爱情，必须力趋女化。喜爱涂脂粉的男子的女子，多是窑变的姨太太；喜爱作男装的女子的男子，必是土混混一流的人物。

男子失恋，较女子失恋更苦，因为他不敢哭。

女子比男子有自知之明，比男子格外的要脸；所以老妇人，绝没有肯向青年男子求爱的。

无钱而谈恋爱，如饥渴而饮盐卤！

外国男女在车站码头，迎送亲属，虽有接吻的世俗，但是在公共娱乐场所，绝少任意接吻的举动。近来我在公园等处，屡次见中国的青年男女，有这种的行为。人说：这是进步；我说：这是兽化！人说：这是恋爱神圣；我说：这是扰乱人心！

恋爱固然神圣，肚子的神圣，更高于一切；恋爱固然万能，肚子更是法力无边。它的威权，专能打倒恋爱！

肚子一空，万事皆空。肚子若“失业”三天，准不能高谈恋爱了。佛说：色即是空，空即是色。我说：食即是宝，宝即是食！

青年男女，固然有因恋爱断食的；然而发生恋爱之初，是因肚里有食。

天下最易的恋爱，天下最难的谋食！有食，狗也会恋爱；

无食，神也肚子疼！

男女之爱，是人间大道理，虽圣贤也不能抑制，然而须闭上房门才可施行。若在稠人广众之间，就携手揽腕，抱腰搂臂，接吻并头，未免是不知羞耻，且含有诱惑性。

恋爱当以道德为基础；无道德的恋爱，决无持久性。

无羞耻的女子，虽能勾起男子一时的欲念，然而得不到男子长久的爱情。

中国摩登男女，诸事力求洋化，惟写情书，还是泥古不化，仍是哥哥、妹妹，连篇累牍。我读外国情书，还没有遇见这种乱伦的称呼。

失恋的痛苦，甚于刀剑的刺割。刀剑的伤痕，可以容易遗忘；失恋的隐痛，永世不能休止。

女子在恋爱的时期，格外的娇媚可爱；男子在恋爱的时期，格外的凶野可厌。正在恋爱狂热中的男子，若肯引镜自照，就可知道自己的丑态。

恋爱是一种人人愿受的苦恼。这种苦恼，非过来人，不能明白。

恋爱如同观景，如同读文，必须曲曲折折，起起伏伏，才能使人发生兴味。譬如作言情小说，若表一男一女，遇见了，爱上了，结婚了，非但无话可叙，就令出版，也必无人肯阅。

我自幼就爱猫成癖，至今不改。有人说："它们叫春的声音，实在难听；它们登屋爬墙的行为，实在可厌；顶好是不要它们，以免吵乱人心!"我说："它们那种怪声，正是它们唱的'恋歌'，正等于它们所写的情书，它们的跳跃，正是它们的'交际舞'，并且它们的社交每年仅仅举行两次，有何可厌呢?"

女子的天性，多是仁慈悯恻，优柔寡断，对求爱者不肯下果决的表示。因此，就发生许多三角或多角式的恋爱，而引起许多的烦恼。假若她们对求爱者，能痛痛快快给一个坚定的迎拒，不但自己可以灭除许多的麻烦，也可以使求爱的人，早早消灭痴心妄想的企图!

男子的爱情，是不易持久与专诚的。女子若能使他对她恒久不变，始终不移，那才是成功的女子，才能得到真实的幸福。

有财有势的男子，并非没有爱情；只可惜他放纵的机会多，所遭女性的诱惑大。无财无势的男子，并非富有爱情；不过他是缺乏放纵的机会，更遇不着亲近他的妇女。要知世界上的男子，有几个是老实的呢?

恋爱须以怜惜为要素，否则即是滥爱。所以英国威廉·琼斯说："恋爱有一学生姊妹，名曰怜惜。"

论男女

论情爱

论婚姻家庭

论性爱

论人生

有一点事全告知女人的男子，多半是新结婚的。

凡是一个妇女，就应当有一个丈夫，否则如同不装裱的图画，不镶镜框的画片。

有些女人对于她的丈夫的话，多半不肯留心听，然而在她的丈夫说梦话的时候，反倒非常注意。

为金钱而结婚，就是出卖自由。

在结婚前，女子是饵；在结婚后，女子是钩。

人说，中国旧式的婚姻，由父母媒的配合，是“牛马式”的。我说，今日结婚，明日离婚，任意配合的最新式的婚姻，是“猫狗式”的！

由女人的衣饰上，常常可以发现她丈夫的性格。

在结婚时，要睁开眼；在结婚后，要闭上眼。

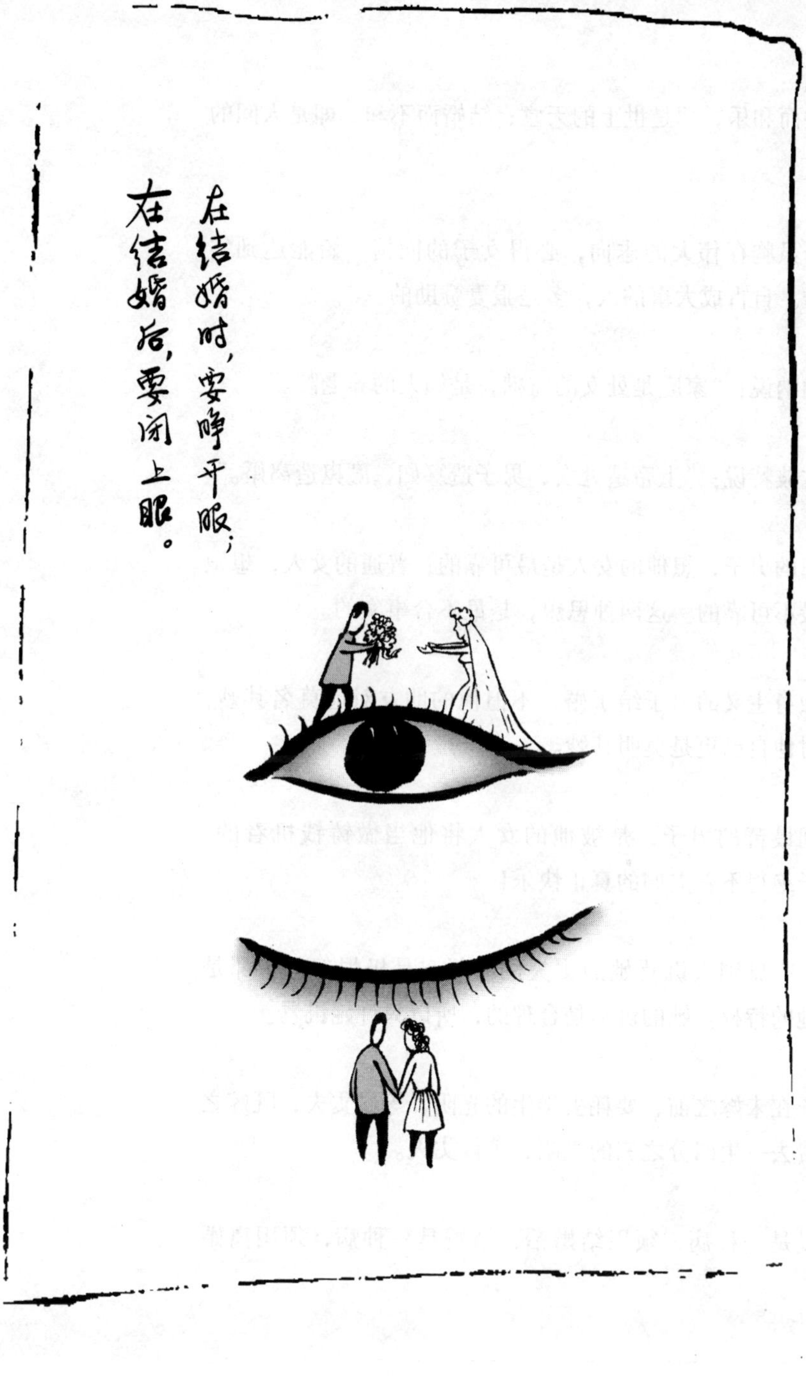
在结婚时，要睁开眼；
在结婚后，要闭上眼。

结婚而和乐，即是世上的天堂；结婚而不和，即是人间的地狱。

男子虽胸存伟大的志向，必得女子的同情，始能达到实现的地步。自古成大事的人，多是狠妻赞助的。

萧伯纳说：“家庭是处女的监狱，是妇人的养老院。”

达文波特说：“上帝造处女，男子造寡妇，魔鬼造离婚。”

普通的男子，想他的女人是最可靠的；普通的女人，想她丈夫是最不可靠的。这两种思想，是最不合事实的。

抱独身主义的男子结了婚，不但他的朋友对他莫名其妙，他自己对他自己更是莫明其妙。

世间最苦的男子，是被他的女人将他当做铸钱机看的，那种男子绝得不着夫妇的真正快乐！

妇人听见别人讥骂她的丈夫的时候，是极恨怒的，那是侵害了她的特权。她的讥骂是合理的，所以只许她讥骂。

女子在未嫁之前，要耗去半生的光阴，等候丈夫；既嫁之后，要费去一生四分之三的光阴，等候丈夫。

恋爱是一种病，须用结婚治，结婚是一种病，须用离婚治，离婚是一种病，须用死亡治。

名誉不佳，是一生最可痛心的事，然而绝没有一个女子，愿嫁一个真正的君子。

愚鲁的妇人，对丈夫所告诉她的话全信；聪明的妇女，假装着信。

世间的女子，未必全愿嫁她们所爱的人。

若是一个男子，告诉他的女人说，他爱她，她决不信；若是不告诉她，她又奇怪，为什么不这样告诉她！

蜜月就是钱月，没有金钱，绝无蜜月。

时时提倡独身主义，或日日研究妇女问题的女子，多半是貌丑的。

女子没有丈夫，如同房屋没有基础。

《精英》杂志说永不敢结婚的男子，是胆小的。

萧伯纳说："结了婚的女子，全明白哲学。她知道每种问题，全有反正两面，一面是她丈夫的，一面是她的。"

美妇人多能使男子流眼泪，娶美妻未必是福。

有一种妇人，只在要失去她丈夫的时候，才知道爱她的丈夫。

一个妇人，可以不记得她的丈夫同她结婚的时候所说的话；但是，那时她丈夫穿着什么衣服，她总是记得清清楚楚！

利顿说："妇女们选丈夫，如同她们买书，专在外皮的装潢上注意，多不肯用心观察内容。"

阿里斯蒂奥普说："富女蔑视丈夫，贫女毁败丈夫，丑女嫌恶丈夫，美女对丈夫不贞。"

最美丽的一双配偶，未必是快乐的良缘。

男子所愿娶的女子只有两种：一是貌美有才的，一是貌美无才的。

西班牙格言说："灯下不买衣，灯下不选妻。"

女子嫁夫，只要得一个能使她快乐的人；男子娶妻，是要得一个能帮助他忘了艰苦的人。俩人的原意，既然不同，所以夫妻间，少有满意的。

法国俗语说："恋爱是趣味浓厚的小说，结婚是枯燥无味的文章。"

结婚如同被包围的城：在外面的人，总愿意进去看一看；在里面的人，总想逃出来。

再婚的男子，娶再婚的妇人，如同名将遇名将；初婚的男子，娶初婚的女子，如同新兵遇新兵。初婚的男子，娶再婚的妇人，如同新兵遇名将；再婚的男子，娶初婚的女子，如同名将遇新兵。

女性的丈夫，男性的妻，绝不能白头偕老。

妇女若是肯嫁爱她们的，不嫁她们所爱的，世上的婚姻就快乐多了。

善处朋友的男子，绝不是善处妇人的丈夫。

男子若不是善于听话的人，结婚之后，就少有安宁的日子。

亨特说："婚姻毕竟是好制度。假若没有这种制度，小学教员的饭碗，就要保持不住了。"

妇女的本分，是静候丈夫的成功。能善于静候，且能以快活自处的妇女，才是得着了人生之术。

妇女是上帝的代表，就是第二上帝。获罪于天，无所祷也；然而获罪于妻，较获罪于天，格外的无所祝祷也！

有一些妇人，提起了结婚的苦恼来，能对一个未婚的女子痛哭流涕；第二日若再与那女子见面，就能问那女子，为什么不快快嫁人。这足证妇女们的矛盾性。

法国某学者说：“有三样事妇女当注意——烟酒，赌博，别人丈夫。”

妇女愿意男子照她爱男子的样子爱她，男子愿意女人照他爱女人的样子爱他。这两件事，全是不可能的，所以夫妻间，少有和谐的时候。

女子出嫁，如同白布入了染缸。出来以后，决不能回复洁白的原色。所以嫁了红的，只好是红的，嫁了绿的，只好是绿的。假若出了红的，又入绿的，出了蓝的，又入紫的，归终，必成七乱八糟无人肯要的颜色，岂不可惜！

认命二字，可以解化夫妇间无限的烦恼，认命并非迷信。我国从古至今的夫妇，因这两个字，不知保全了多少万万，少出了多少丑事！

存钱最好的方法，是存在女银行（妻的钱囊）里，但是若想提用，可就不易了，或者还有没收的危险！

江南有一句笑话说：“你的就是我的，我的还是我的。”为人妻的，多能认真施行这句话。

朋友的钱，可以借用；妻的钱，一文也不借用。你若用她一文，纵然还她一串，你一生对她，也有短处。

对女人算账，是愚昧的举动。这种账一生也算不清，归终你还是欠债人。同妻分辩理，是没有思想的。要知你绝没有理，你最大的无理，就是娶了她了！

古语说：“不痴不聋，做不得阿家翁。”我看为人夫的，也当如是。

自己的子女，尚不能事事合自己的心意，何况是别人生养的儿女，来做你的丈夫或你的妻？夫妻间若肯想一这层，也可以消除无限的烦恼。

你若想和家庭的快乐，千万不可娶比你年长的妻。妇女的天性，较人年长几岁，就惯将人当作小孩子看。既然如此，她就不能将你当丈夫看待了，俗语说“女大五，赛老母”就是这个道理。

最可怕的女人，是对丈夫求全责备的。大凡男子，从幼小就有执拗的脾气，所以女人愈求全，他愈不全；愈责备，他愈不备。这种女人，只能讨丈夫的厌弃，决不能增进自己的快乐！

德国某学者说：“女子生来是为人母的，所以她们为妻则不足，为母则有余。”

我国古语说："以爱妻之心爱父母，是最大的孝子。"我可以加一句："以爱儿女之心爱丈夫，是最大的贤妻。"

若要废止纳妾嫖娼的恶俗，非竭力提倡女妇人的妒性不可。

女子在未嫁以前的命运，是父母造的；以后的命运，是她的丈夫或别的男子造的。

男子再婚，多不念前妻；妇人再嫁，多不忘前夫。这是男子寡情的表示，也是妇女多情的表示。

无钱的男子，不用说不能治国，就是想齐家，也是做不到！

夫妻之间的维系，就是一个情字。夫之情，仅可施之于妻；妻之情，仅可施之于夫；其间不应加第三者，所以纳妾是破坏夫妻之情的毒药。

英国格言说："二猫一鼠，二犬一骨，二女一夫，终难和睦。"

湖北俗语说："要想家不和，讨个小老婆。"这句话足可以打消男子纳妾的野心。

《杀狗劝妻》那一出戏，焦氏对她的丈夫曹壮说："你没有钱，就能管教老婆么?”一句话，仅仅十一个字，可以作丈夫的暮鼓晨钟；凡为人夫者，总要三复斯言！

唯思想高超的女子，才肯嫁有德无财的丈夫。

我国有一些为父母的，贪图金钱，将幼女嫁老头子，是轻视女儿的人格。欧美有一些新式的女子，贪图金钱，情愿嫁老丈夫，是轻视自己的人格。出于被动的是可怜，出于自动的是无耻。

某新式的妇女说：“我国古语‘男正位乎外，女正位乎内’是最轻蔑妇女的。所以一般臭男子们，竟将妇女当作玩物，视为奴隶，应当趁机改为‘女正位乎外，男正位乎内’，以雪此耻!”我看这倒是我们臭男子们时来运转的福音。我们臭男子们，应当感激她的栽培；我们臭男子们，正好趁机坐在家里，穿红挂绿，涂脂抹粉，一心一意地给她们当玩物、当奴隶！

你无论如何爱你的妻，她也疑你不是诚心诚意的。

恋爱虽然是盲目的，结了婚之后，眼目就睁开了。

在结婚以前，女子喜欢听你说话；结婚以后，她喜欢你听她说话。

成功的男子，是能利用机会的；成功的女子，是能使成功的男子成了她自己的丈夫的!

男子信一个妇人（妻），疑惑别的妇人；女子疑惑一个男子（夫），信别的男子。

天下绝没有真惧内的男子，所谓怕老婆的，全是爱老婆的。所以我说:“怕得愈甚，是爱得愈甚；不惧内的男子，是无情的男子，是不值女人爱的男子。”

女子到底是男子的劲敌。男子的力量，固然不是女子所能抵御的，但是她们的美色，足能征服男子的心灵。

古语说:“生儿防备老。”我以为，女子出嫁，也是防备老。容颜不是常存不变的，一般朝秦暮楚没有准丈夫的女子，要及早打定主意。

齐默尔曼博士说：“多数的男子，全愿娶生得好的女子，不愿娶教得好的女子。”这表明男子多注重女子容貌而忽视女子才德。

马克·奥佛尔说：“女子不过是大孩子，她们得着玩物（丈夫）之后，不久就厌倦了，将玩物撕毁了。”我看这话不合理，世上男子多是喜新厌旧；女子对男子，少有这样不道德的毛病。马克·奥佛尔的话，大概是专指欧美女子说的。

“父母之命，媒妁之言”以成夫妇的办法，是蹂躏人权的，不能融于文明时代。然而桑间仆濮上，钻穴跃墙，以成同居的行为，也不是重视人格的，更不能融于文明社会。世上的野禽家兽，多守一夫一妻的制度，唯有与人类接近的家禽家兽，类如鸡猫狗马牛猪羊等物，全是一夫多妻，或是雌雄乱配，牝牡滥交，大概这种恶行是同人学来的。可叹！

人类发明婚姻的制度，是人类进化的第一步；打破婚姻制度，是人类退化的第一步。

现今我国最文明的女子，多是衣必洋衣，食必洋食，读必洋书，说必洋话，行止动静，竭力模仿洋人，日趋洋化。可喜她们的程度，还未达到非洋人不嫁的地步，假若她们再进化到那种程度，我们中国男子，想娶一位国妻也办不到了！

选妻不可选善跳舞、善唱歌、善交际的。这种女子，虽然能替丈夫巴结阔人、谋求差事，然而绿帽子就能将头压得抬不起来，并且因沾妻的光，得了富贵，一生就是她的奴隶！

选夫要在品格学识上注意，固然不可以嫁书呆子，拆白党或绣花枕头。然而也不可仅注意于打网球的能手、踢足球的健将、跳高的领袖或赛跑的魁首。这种男子若胸无点墨，难有光明的前途。

黄河以北，多注重早婚。在那些父母的口头上，固然是为儿娶妇，究其实，不过是为自己增添一个白吃饭不领工钱的女仆而已。

名士嫁不得，明星娶不得。名士的穷酸架子可怕，明星的浪漫更为可怕。然而名士对妻，并不十分酸；明星对男人，可是十分荡。

中国早婚的恶俗，正与印度相反，多是女大男小。以我的本县（滦县）而论，有十八九岁至二十以上的女子，嫁一个十几岁的乳臭小儿。妻正当春情旺盛的时候，夫还不能尽丈夫之道；到丈夫成丁的日子，妻已成了残花衰柳。夫妻之间，焉有快乐可言，终不过是误了别人的女儿，害了自己的儿子！

男子因妻年老色衰而休弃，妇人因夫困穷失势而下堂，全是有愧于禽兽的举动。禽兽间，少有这种的恶行。我观察多年，仅在蒙古时，见马群里有此类的现象。

在野蛮的古时，男子以多妻为快乐；在文明的今日，男子以一妻为满足；有文明过火的将来，男子以一妻也不要为幸福！到那时，并非男子甘愿守独身，是因为女子太“进化”，而不能为人妻了！

我对人谈到我的她，总是用“我的内人”或单用“内人”，决不肯妄加“我们”二字。因为我认定天下可“公”，妻是永不可“公”的。并且也永不用“贱内”二字，因为“妻者齐也”，她若是“贱”的，我就大受影响了！

一百个姑爷中，难寻一个能敬爱岳母的；但是一百个岳母中，倒有九十九个半喜爱姑爷的。古今中外，无不如此，真令人莫名其妙！

世人说起丈岳父来，多含有一份讥笑的态度。岂知人不娶妻则已，娶妻则有为丈人的可能。纵然一生不养女儿，难保上辈或下辈，不为人的丈人。这又要何必视为稀奇，又何必生出不敬的感想！

世人对于大舅、小舅、大姨小姨（尤其是小舅小姨），多含有轻蔑之意。大概是因为从古以来的小舅，多依仗姐姐的势力，对姐夫生出许多的不便。至于小姨，大概是因为她爱嬉嬉笑笑，又不肯大大方方的缘故，可见全是“夫人必自侮，而后人侮之”！

中国习俗，全以为女婿为“上帮亲”尊之“姑爷”，称之“娇客”，女婿也竟居之不疑，实属可恨。我不知女婿有何可尊敬的必要，我更不知生女儿的人，有何可以自卑的理由。

有人问我：“现在无论什么事物，全无‘耐久性’，是什么原因？”我说：“婚姻是万事万物的基础，现今夫妇全无耐久性，旁的事物还用问么？”

未成婚以前，要慎加选择，要细加考虑；既成婚之后，要死心塌地，随遇而安，不可怨对方之不合适，只可怨自己之心眼瞎。如此可保心神之安宁、家庭之幸福以至于社会之道德！

女子的天性，多半狭小，只能同一个人（丈夫）可以继续久长；因为那个人，不肯同她“认真”。

只要你的女人，时时说你不好，时时对你吹毛求疵，你正好大放宽心，自庆自慰；因为她那种举动，正是爱你。假若她对你歌功颂德，赞不绝口，你倒应当早加预防。

有些男子，不禁他的妻妾打扮得花枝招展；却不喜欢他的女儿加以修饰；只许他自己眠花宿柳，却不能容他儿子狎妓嫖娼。岂知这正是上行下效，自己果能入规入矩，子女必能履正行端。

在当初离婚不时兴的时候，娶妻如同搬来一座大山，她无论如何不如你的意，再也运不出去。你若想将她搬出去，不但是白费气力，社会也对你大说闲话。

在这离婚盛行的日子，娶妻如同搬进一块石头。只要你喜欢够了，你就可将她掷出去。社会不但不责骂你无情，反说你富有家庭革命的勇气，善于改造环境！至于以后她的环境如何，你不必管她！

在这文明进化的时代，生儿子的好处，就是到临终时候，有所交托；生女儿的好处，就是在活着的日子，多一门亲戚来往。

穷人多儿女，是多受罪；富人多儿女，是多操心。

在当初离婚不时兴的时候，娶妻如同搬来一座大山，她无论如何不如你的意，再也运不出去。你若想将她搬出去，不但是白费气力，社会也对你大说闲话。……

俗语说："多儿多女多冤家，无儿无女活菩萨。"又说："男是冤家，女是债。"又说："养子过学堂，养女过家娘。"话虽如此，然而既娶妻就免不了受这种拖累，并且是尽人类生生不已的义务。

夫妻果能相亲相爱，和谐到老，要儿女何用？夫妻若势同冰炭，不相和谐，要儿女何用？儿女小的时候，不过是开心解闷的东西而已！

俗语说："闺女哭，真心实意；女婿哭，黑驴放屁。"我愿专疼爱女婿的岳母，三复斯言。湖北俗语说："辫子三寸长，娘，老娘；辫子三尺长，只有娘子，没有娘！"这话与北平俗语"前院拜天地，后院写过子单"，是一样的。在这小家庭制度倡兴的日子，为父母更无意味了！

天下最不可解最糊涂的事，就是岳母疼爱女婿。要知女婿，多是永远喂不熟的。我是我岳母的女婿，我的朋友也全是他们岳母的女婿，所以我敢下断语。

女儿到了岁数，欲嫁的心胜于男子欲娶的心。然而女儿的习性好羞，不肯公然表示。为父母的，应当顾念她们的苦情，万不可因为她们没有表示，就不注意；要知女子变心是一时的，是无法预防的！

自交女友之风兴，男子可用少数的金钱，而享家室之乐，并可免家室之累，真可谓一本万利。

有道德的女子，嫁了丈夫（不论他好坏），全有从一而终的心；普通的女子，若嫁了如意的人，也全有从一而终的心；唯男子，不论有道德无道德，对于女子，多是吃一看二眼观三，吃着肥的，想着瘦的，吃着湿的，想着干的。人说女子是水性杨花，我看男子是浮萍柳絮。自交男友之风兴，女子眼前固然增了许多假快乐，以后自己的身体，就失了真保障，真可谓得不偿失！

惯离婚的男子嫁不得，惯离婚的女子娶不得。这两种劣男女，习与性成，如同盗贼；不得机会则已，苟遇机会，就要施其伎俩！

有些人娶妻专为娱乐，有些人娶妻专为生子。这全是各有所偏，前者是以女人为“泄欲器”，后者是以女人为“孵卵器”。

欲求良善儿女，夫妻须先存心良善；欲求儿女精神活泼，须父母不昏天黑地；欲求儿女聪明伶俐，夫妻须在天气清和的时候才行某种事，也就可以了。

我的朋友某君，四十无子，由某医院抱了一个私生子，专用科学方法养育，无论饮食衣服，甚至拉撒睡，也本乎科学。现今这孩子已十余岁，其笨如牛，其蠢如猪，一天不能读两个字。我对某君说：“私生子多是聪明的，无奈你用科学的方法，将他毁了！”

美人嫁于伧夫，才子老死牖下，是天下最不平的事！

求高超的知识或从事于职业，误了许多女子出嫁的相宜年龄，可谓有一利就有一害。

丈夫出门的时候，若是将门关得太响了，女人就疑他是发了脾气；丈夫进门的时候，若轻轻将门关上，女人就疑他不存好心。

一个男子永不肯将疑他女人的事诉与别的男子；一个女子少有不将疑她丈夫的事诉于别的女子。

有些女子只知爱金钱，并不知爱丈夫。丈夫有钱的时候，她就尊他为地为天；丈夫无钱的时候，她就轻他如狗如猪。夫妻的关系，纯以金钱有无为标准。男子若不幸遇见这种女子，实在不如抱守独身主义。因为娶了这种女财迷，你纵然要同她离婚，她的条件也是三个字——拿钱来！

我国俗语说："嫁汉嫁汉，穿衣吃饭。"这两句话，将女子的依赖性就养成了；将女子的人格，也就污辱尽了。女子抱着这个目的嫁人，夫妻之间，焉能得真正的快乐。

夫妇是人类的始基，是国民之义务。《礼记》上说："婚礼者，将合二性之好；上以事宗庙，而下以继后世也，故君子重之。"

孟子说："男女居室，人之大伦。"可知女子出嫁，是应尽的责任，并非是谋求饭碗，必得本着"是一个女子，就得配一个男子，互助互爱，共同生活"才是正当的打算。英国古语说"为谋生嫁，不如不生"也是这个道理。若为求衣觅食才为人妻，那么，富家小姐，全应守独身主义了！朋友不投缘，可以绝交游；亲戚不合适，可以断往来。男娶恶妇，女配恶夫，如同附骨之疽。纵然刮骨疗毒，也去不净祸根，时时也有余痛，终生受其影响，这种灾患除死方休。若说离婚可以一了百了，那是片面之谈。我常说："婚姻为男女生死关头，一朝不慎，遗恨千古！"

法谚云："男子一生最大之福，或最大之祸，即是妻。"

欧洲俗语说："老夫娶少妻，如同买书让朋友读一样。"

纵然是容貌绝世的女子，也不愿听人夸赞别的女子的容貌。你当着你的妻，若犯了这毛病，就是自讨没趣，自寻苦恼！

穷人娶妻，是没有病想药吃，是没有罪寻枷杠，是望乡台上打莲花落！若是一个女子，对你说她爱你，那算不了什么。假若你换了一个纽扣，她能立时看出来，或是当她贴近你时，她时时为你掸去你衣服上一点的尘土，那才是真爱你呢！

法国《费加罗报》说："男子到四十，多悔他结了婚。六十岁的鳏夫，多悔他未曾娶妻！"

有人说："男子爱女子，怎能忍得着不娶呢?"我说："一个人爱花，就必须当花匠（园丁）么?"

我国女子不能享受遗产权的原因，是因女子终究要属于外人，自家的财产，变姓易主，心中就有些不甘。这全是因家长的私念同妒嫉心生出来的，相沿已久，遂成惯例，并非起于轻视女子。

夫死妇嫁，是天理人情。那立志守节的，须要发于诚心，不可贪图一时的虚名，遗留无穷的后悔；更不可处于被动的地位，做人的傀儡。乃我国竟有一些糊涂家长，因为门第的关系，强使青年寡妇矢志柏舟，实在可恨已极。要知讲起门第来，再没有高过皇室的了。然而唐朝有几位公主，不但一嫁二嫁，甚至三嫁四嫁，并不以有辱门楣。为什么寻常的百姓，反不知自量呢？这也是"礼失求诸野"么？

寡妇失节可耻，老妓从良可敬。若待失节之后，再讲门第，那就来不及了！有某家长说：这是风俗，这是礼教，不能不遵守的。我说：国法尚不能背天理，风俗礼教更不能逆人情。这种不讲理的风俗礼教，应当首先打倒！

她（妻）若是用你百万元，她转眼就忘；你若用她半文钱，她就能存记一生。

书呆子是世上最无用的人！交友不可交书呆子，用人不可用书呆子，嫁人尤不可嫁书呆子！女子若不幸而为书呆子之妻，一生决不能达到自己的欲望。我国妇女的俗语说：“秀才娘子，饿断肠子。”与欧美的妇女不愿嫁大学教授，同是一样的道理。

娘家的人，全是好人；夫家的人，全是坏种。这是普通的妇女的心理。所以丈夫对于岳父、舅爷、妻侄等等，无论他们这些人如何卑鄙，也当尊之如圣，敬之如贤！

多数的妇女，说起她娘家的人来，全都喜欢夸大其词，代为吹牛。纵然她的父兄是人力车夫，是倒马桶的，她也必说：“他们还拉过大总统，侍候过主席的姨太太！”

夫虽良，万不可容他交女友；妻虽贤，切不可任她结男朋！

现在的许多青年男女，不结婚则已，一结婚，必要组小家庭。一些为父母的，恐怕到老年，无人侍奉，为此大着其急，大伤其心。我看这原无伤心与关键的必要，反正天下的事是一报还一报，如英文所谓之 Tit for tat！不过最苦的，是在这过渡时代的，为父母的。

丈夫升了官，或发了财，女人多认为是她自己的功劳，最小的限度，也必说是沾了她的光；丈夫破了产，或失了业，女人多认为是她丈夫自己的过错。反正是好了，她居功；坏了，她不担过。

在丈夫失败的时候，能说几句安慰他的话，就是贤良的妇人。

夫妇间有了儿女，就如同将他们两人外面，箍上一道铁圈；夫妇间有了小老婆，就如在他们两人中间，筑了一段高墙。

英谚说："有钱的丈夫，少有缺点。"这句话与西班牙古谚"有钱之夫无丑貌"是一样的意思。

西奥多·弗拉坦说："男子若不经妇女的帮助，也升不了天堂，也下不了地狱。"这句话与我国俗语"妻贤夫祸少"相差不多。这并非轻蔑她们，是因为男子一生的成败，女子也负一半的责任，然而遇着顽梗不化、刚愎自用的男子，则又当别论。

儿女到了成熟的时候，为父母的最好是赶快让他们娶女妻、嫁男夫，千万不可容他们滥交异性的朋友。这并非家庭专制，也不是束缚他们天赋的自由，这正是为他们前途打算。

女儿如同"水果子"，到了将要成熟之时，就当赶紧离树（出嫁）；若等到她熟透了，自已坠落下来，就要成一团烂泥。无人肯要，还是小事，那种臭味，实在难闻。不但野蛮的中国如此，欧美各文明国，也不以女人滥交男友为光荣。

妇人中百分之九十九，全认定她丈夫所娶的妻是世间独一无二的贤良女子!

俗语说:“怕你不嫁你,嫁你不怕你。”这是各个妇人对待丈夫的心理。

自从将女人娶进门来,她就以为你对不住她。你这种罪案,一直带到坟墓为止。假若她死在你前,你再娶一个,也是如此!至于如何才可以对得住她?她自己也没有彻底的答复。你纵然依从她的条件去做,终归还是对不住!这是什么缘故,恐怕将孔丘、庄周、苏格拉底等等的大学者,请出坟墓来,也是答解不清。问他们自己,当日也是对不住他们的她们!

分家产时,少有孝子;要嫁妆时,少有孝女。

怕老婆与怕神、怕鬼、怕强盗、怕流氓、怕毒蛇、怕猛兽不同。这几种东西,你虽怕,然而不爱;怕老婆是又怕又爱,愈爱愈怕!

怕老婆的程度,是随着知识与学问增进的。古今中外的通儒名将与大政治家、大学教授,口中虽说不怕,心里怕得更厉害!

尘俗的人,少有怕老婆的。因为他们既看不出老婆之所以可爱与所以可怕之处;纵然爱,必是糊糊涂涂的爱,不过是将她认作泄欲生子做饭缝衣的机器;纵然怕,也是蒙蒙昧昧的怕,也不过是如同老鼠之遇狸猫。爱得既不正当,怕得也无趣味。

婚姻不只是四条腿，睡在一张床上；是要两个心，变成一个心，填在两个腔子里。

因为妒嫉与丈夫离婚的女子，是最有情的，是最能感化纳妾或交女友的恶俗的，应当竭力的褒奖，宣示全国。因为恋爱别的男子，与丈夫离婚的，是最无耻的淫妇，应当罚充官妓，永远不准她从良。因为金钱与丈夫离婚的，是不阴不阳的贪财奴，应当判为无期徒刑，送她到“造币厂”内当苦工，永远不许赦出来。

到远方去娶妻，不是要骗人，就是要被骗！在这自由结婚的文明时代，要想择偶，不可不严防“拆白党”与“打虎匠”！

中国俗语说：“媳妇是人家的好。”英国俗语说：“邻人之妻，美而贤。”十个男子中，有八个犯这种病！

英国俗语说“宁娶水鼠，不娶绵羊”是说悍妇虽恶，多能治理家务。

美妇人多愚昧；黑妇人多骄傲；高妇人多懒惰；矮妇人多吵闹。

英国俗语“宁作老人的爱物，不作青年的玩物”与我国

婚姻不只是四条腿，睡在一张床上；是要两个心，
变成一个心，填在两个腔子里。

俗语“宁嫁老头儿，不嫁小猴儿”是一样的偏激之论。青年丈夫，固然是心志不定、爱憎无常，然而丈夫的年龄，也不可相差太多。

少年娶老妻，与少女嫁老夫，全是年少的受亏损，年老的得补益。总而言之，丈夫较妻稍大两三岁，是最好的。

英国雷纳所集的格言，有一条说：“妇人在礼拜堂是神圣；在街上是天使；在厨房是妖怪；在床上是猴儿。”第一句的意义，是心身清洁，念可通天；第二句是威风凛凛，严正可畏；第三句是神工鬼手，善于烹调；第四句的意义，我猜想不出。

求真正良妻，不可求之于跳舞场；求真正志士，不可求之于讲演台。在跳舞场所得良妻，多是吊膀能手；在讲演台所得的志士，多是骗术大家！

旧式女子的一生，仅仅对付一个法定的丈夫，多是受尽种种的冤屈；新式女子的半生（老了就没人要了），须要对付若干非法的丈夫，更有说不出的苦恼。前者是无可奈何；后者是自作自受。

一方慕色，一方贪财，所成的配偶，与买淫卖淫相等；只可名之为“混淫”，不当称之为婚姻。

英谚说：“嘴唇虽红，不能枵腹。”这是说有养她的能力，始可娶她。这话可作不求技能而一味讲恋爱的青年的一句座右铭。

俗语说："宁与穷人补破衣，不与富人做偏妻。"慕虚荣女子，要慎加考虑。

俗语说："好儿不用多，一个当十个。"对于女人，也应存这种思想。三妻四妾，左拥右抱，人多以为是无上乐趣，我则以为是无边苦恼。生前既无安闲，死后更觉可虑。要知世上多而不厌的，只有好书与益友。

美国是唯一自由结婚自由离婚的国家，然而离婚的，多是女子主动。我国近来也有美国化的倾向，但是离婚的，多是女子被动。我为我国老式的女子痛哭，我替姿色日渐衰残的新式女子害怕！

夫妻们争吵，尤其是青年的夫妻争吵，外人最好严守中立，他们自有和解的办法。

男子分三种——大胆的，怯懦的，顽梗的。女子愿嫁大胆的，厌恶怯懦的，可是多半嫁了顽梗的。你可以任性大胆，任性顽梗，但是千万不可怯懦；不但中国女子不爱怯懦之夫，外国女子更甚！

有人说："西国女子，对待求婚的男子，手段太硬。"我看并不是她们全生成铁石心肠，是因为得了乃母乃姑的前车之鉴了。

旧式的婚姻，是“彩票式的”，是凭终生命运的；新式婚姻，是“拍卖式的”，是凭一时眼力的。前者固然是受骗的多，后者上当的也不少，打破婚姻制度之后，社会上几种最发达的生意：第一，卖花柳药的；第二，卖化胎断产药的；第三，设产科医院的；第四，当律师的；第五，卖手枪炸弹的；第六，当仵作的；第七，开棺材铺的；然而最发达的，是开旅馆的与卖春药的！

女人无论何等糊涂，她的丈夫每月入款的实在数目，她总是能查得出来。她的算术纵不高明，她的丈夫若不吸烟，每月可以省下多少钱，她总能算得清清楚楚。

法国俗语说：“你若不时时向你妻表示爱情，就要有别的男子来替你代劳。”这句话非常可怕！

古今中外的妇女，是一样的心理，纵有不同之处，也不过是毫厘之别。你若将一位妇女（妻）研究明白了，天下的妇女，就不问可知了。

在腐化的时代的人，多能注重道德，多肯为别人设想，所以有富贵不易妻的，有肯娶瞽女的。在这进化时代，人多注重利己，那种愚呆的行为，绝无人肯做了。这是文明呢？这是野蛮呢？

人生原是苦恼，所以一出母胎，无不张口大哭。由幼至老，苦恼日增，至死方休。只有得着一位相亲相爱的终生配偶，还算是苦中的乐趣。

女子最好是嫁一位有姊妹的丈夫，因为这种男子，从小就明白妇女的习性，自幼就养成容让妇女的习惯。

多数的女人心中，认定丈夫为她“摩顶放踵”是应当的，“拔一毛而利天下”是无理的。

怕老婆的，固然是懦夫；不怕老婆的，也不是好汉；最好是似怕而不怕，似不怕而实怕！

我国女子，事事不如男子。就以洋化一事而论，她们中最时髦的，也不过是穿洋衣、吃洋饭、用洋物、说洋话、跳洋舞、唱洋歌而已；然而敢实行嫁洋人，千万中少有一人。若与我国敢娶洋太太的男子相较，未免是不进步、不彻底！

近来报上常有变相的求婚广告，不说求婚，偏说是征求“女友”。将终身的配偶、百年偕老的夫妻，竟降归朋友之列！夫妻之道，不可问了！

天下最难受的是鳏夫寡妇，由这两种人看来，我极端反对行围打猎。我们人类图一时的游戏，贪一时的口腹，害得它们雌雄死别生离，是何忍心！可恨现在我国有一些洋化的男女，也竟追随洋人而学了这种残酷的嗜好。

旧式的新娘子全盖头布，新式的全加蒙头纱。这两种东西，全是替新娘子遮羞的。新式的既不害羞，偏要这种东西，实在是瞎子戴眼镜——大可不必！

与女人双宿双飞，不是结婚；你若没有她，你就不愿生活，那才是结婚呢。

女人所喜欢的丈夫，是对外要威若猛虎，对她要柔如绵羊。

穷女嫁富夫，如同花子拾金；穷夫娶富女，如同卖身为奴。

无论什么样的丈夫，绝瞒不过她的妻。因为个个女人，对她丈夫的一切行为动作，全是福尔摩斯。我的朋友说："那么，她们充当侦探好不好？"我说："不行，她们只能侦察一个人——丈夫。"又问："那么，母亲可以侦察儿子了！"我回答说："也不行，那是儿媳的专长。"

女子一生的光阴与心血，全是为别人耗费了。到了及笄之年，时时想望丈夫；既嫁丈夫之后，时时须监视丈夫；生了儿女，不但时时要看顾小孩子，还得时时监视丈夫。

对待丈夫如同对待孩子，你须时时对他注意，设法引起他的兴味，否则他必脱开你，出去淘气！

个个女人会是福尔摩斯。

夫对妻，多是认假不认真，仅顾外表不察内心。妻对夫，若能使他眼中快乐、精神舒畅，他就不容易起邪念。果如此，你纵然将他卖了，将他害了，他还不知是谁的主谋。

有些女人，只能哄孩子，不善处丈夫。其实若肯利用哄孩子的手段待遇丈夫，必是多成功而少失败。

妻若向丈夫要钱要物，或为别人托人情，千万不可说别家男子对待女人如何如何，否则即是自寻苦恼。

丈夫多是喜欢喝米汤，不喜欢纳忠告。女人若反其道而行，必遭失败。

你若愿知你丈夫的任何秘密，或入款的确实数目，你万不可横眉立目，大喊大闹地审问他。你若肯引得他快乐，他必然不打自招。他一喜欢，连他的姓都忘了，自然也会将你所欲知的，清清楚楚和盘托出。在丈夫喜欢的时候，所应许你的什么事物，你最好是设法使他顿时施行，否则时机过了，他就容易变卦；丈夫对妻，大半不讲信用！

操纵丈夫，固然以容貌为第一要素，但是也不尽然，常有肥如牛黑如炭的女人，将丈夫玩弄得妇唱夫随。女人若肯用心揣摩，足可操必胜之权。

夫妇的真意义，就是疾病的相扶持，遇事相扶助，互相怜爱，彼此安慰。然而现今离婚者，竟有以对方患肺病为理由的，人对于有病的猫狗，还不忍遗弃，还要设法医治，夫妻竟如此无情，我为人道主义一哭！

英国克莱文女士说：“结婚是女子的养老方案。”可惜我国的摩登女子，多将结婚看做是一种消遣方法；但是老了，就没有人肯收养了！

巴尔扎克说：“结婚是一种科学。”据我想，这种科学，无数的科学家，一生一世也研究不清。

自从物质文明和汽车出现，马全失业了。自精神文明和婚姻改良，离婚自由，许多老式的太太，也失业了。将来马的用途，只好入屠户铺。老式的太太的出路，只好入疯人院！写到这里，我的妻问我说：“假若太太们不疯，当怎样呢？”我说：“老爷停妻另娶，太太会不疯吗？假若我有势力，偏说你疯，疯人院也肯替我看管。欲加之罪，何患无辞？法子多着呢！”

由专制婚姻而成的夫妻，无论何方，若失了贞操，还有情可原，有理可讲；凭自己结婚而成的夫妻，无论何方，若失了贞操，实在无情可恕，无理可辩！

有人说：“文明进步，自由结婚，始能美的配美的，丑的配丑的，老的配老的，少的配少的。”我说：“文明无论到了什么地步，自由无论到了什么程度，反正有钱有势的老男子，决不要老丑的女子！”

你若嫌你的妻不喜出风头，你最好是多为她制买几件好衣服。

我见人养鸽子，全是一公一母，互相唱和，度它们甜蜜的生活，牢守贞操的义务，绝不同第三者，发生性欲问题。我不禁长叹一口气说："何以人不如鸟乎?"

女子最好是嫁瞎子，因为可以省去许多修饰的苦心。

旧式婚姻与家庭，利于年老；新式婚姻与家庭，利于年轻。

有貌无学的女子，虽然日居深闺，求婚的人，也必争先恐后；有学无貌的女子，虽然当街露宿，也必少人问津。野蛮时代如此，文明时代更甚!

男子纵然同一千个女子，发生了某种问题，对他的妻绝没有生命的危害；女子若同一个别的男子，有了苟且，则必将她的丈夫视为眼中之钉、肉中之刺，非除灭了，不能甘心。她的丈夫纵然不加干涉，也恐有生命的危险!

从来谋害亲夫的案子，多是女子主谋。

你若想娶寡妇或离婚的妇人，你须自问你是否胜于她的前夫，否则即是自寻烦恼。

贫苦的夫妇打架，多是为钱；富贵的夫妇打架，多是为醋。为钱打架，其原因多起于女人；为醋打架，其原因多起于男子。

你的妻若是续弦的，你在她面前，不可骂前妻，更不可夸前妻，也不可永不谈前妻，更不可屡屡提前妻。

男子对他的妻，喜说别家的男子不好；女子对她的丈夫，喜说别家的女子不贤。这并不是对别人的夫，对别人的妻，有何深仇大恨，不过是要提高自己而已。

现今，有钱的人有儿女，不易教养；无钱的人有儿女，不能教养；将来不论贫富，谁也是无法教养儿女。

男子在未结婚以前，恨不能社会公开，达于极点；及至结婚以后，恨不能将妻锁在铁柜里，加上一百张封条！

千万不可娶众男子所喜爱的女子，千万不可嫁众女子所喜爱的男子。

腐化的妻，固然使丈夫没有大快乐，然而也少有大烦恼。

许多的女子，全不信任她们的丈夫；许多的丈夫，决不疑惑他们的女人。

我以为，男子的爱情，应当专用于一个女子（妻）；女子的爱情，应当专用一男子（夫）。两人结成一个永久团体，始有真乐，一旦加入第三者，这团体就被破毁了。古人严男女之防，并束缚人权，实在是维持世界。

古人重子嗣，以无后为不孝，他们纳妾还有借口；今人既不重子嗣，不讲孝道，纳妾不过是为寻乐，以女子为寻乐之品，还说什么提倡女权！广东某要人有五妾之多，他死了，还有成队的女学生为他送殡，我不知是什么道理！

古语说："知子者莫如父。"应当再加上一句："知夫者莫如妻！"

夫对妻，多是睁着一只眼，闭着一只眼；妻对夫，多是两眼齐睁，五官并用。

有人说："现在无论什么，全是'商业化'。甚至婚姻也变成商业化了！"我说："不错，旧式的婚姻，是先行开张，然后交易；新式的婚姻是，先行交易，然后开张！"

清初，大理学家某甲，每夜安寝之前，必同他的夫人，互拜三拜，连说："请！请！请！"清早起床之后，又必各拜三拜，连说："多谢！多谢！多谢！"多种酸而且腐的举动，不知是本于哪位圣贤。可见他对于易经与孟子的某某句，全未读清楚。

有人说："你以为夫妻之间，应当怎样？"我说："要敬而爱。敬而不爱，即觉呆板；爱而不敬，便入淫邪！”

夫妻之间的敬爱，要有应守的范围；互相尊重，彼此体贴，就是敬；互相温存，彼此专一，就是爱；并非一天互相大拜六十四拜，也非每日彼此大吻七百二十吻。

俗语说“上床夫妻，下床客”，是说在某时要发挥彼此的性能，在某时要各尽个人的本分；到什么时候，说什么话，在什么时候，做什么事！

老式女子，以为出嫁就是“嫁汉，嫁汉，穿衣吃饭”；摩登女子，以为出嫁就是“嫁夫，嫁夫，享乐无束”。全是误认了嫁娶的原义！

女子若有长生不老之术，一天连嫁五个丈夫，未尝不可；否则，应及早打定主意，以免后来多流眼泪。

这几年来，有许多有钱阶级的青年学生，大交女友，大征女友，并不是起于结婚的念头，不过是为解决一时的欲火。他们混了文凭得志之日，多是再寻一个更如意的女子，再正式结婚！

郑氏易注说：“夫妇同心而成家，久长之道也。”现今有摩登男女，被邪说所惑，彼此尔诈我虞，甚至在结婚时，预先立下离婚的条件。他们的连合，也不过是起于一时的同欲，焉有久长的可能？家既不能稳定，社会与国焉得不乱？

按《诗经》上说“刑于”之化，《礼记》上说“夫也者，以知帅人者也”，《白虎通》上说“夫者扶也，以道扶接也”，等等的话，全是丈夫所不可忽略的。要知夫正，妇贤；夫义，妇顺。丈夫若不能修身正己，妻绝不能四德无亏。

乡间的男女对物质的享用，万不如城市中的男女。然而精神的安乐多，堕落的机会少，并且夫妻的爱情也更坚实。城市的男女则反是。

与其娶一贪妇，不如娶一淫妇。前者能使丈夫死于气愤，后者能使丈夫死于欢乐。换一句话说：宁可死于骚狐，不可死于财奴！

好性欲的妻可怕，她能使你骨枯精竭；好钱财的妻更可怕，她能使你肝崩肺裂！

只要有钱财有势力，男子全是贤夫；只要有美色有嫩皮，女子全是良妻。

情的发端，始于夫妇，达于社会，展于邦国，终于世界。若夫妻之间尚不肯用情，反高谈爱国、爱民、爱人类、爱世界，即是舍本逐末，纵或略有表现，也不过等于无源之水、无根之木，绝无耐久性！

情如同吸力，虽然也是无形的，但是维系力极大，宇宙间赖吸力维系；生物（人也在内）间，仗情联属。无吸力，三光不能定位；无情，则生物不能绵延。人类之有家庭，社会，邦国；禽兽之有团体，家庭；蜂蚁之群族，全是情的表现。

家庭革命，是打倒不良礼俗，并非打倒父母，而不念他们的伤心；亦非凭私欲离婚，而不顾对方的死活！

小家庭制度，是不与弟兄同居，以免彼此受女人挑拨伤手足的爱情；并非遗弃或铲除父母，使两个老东西独立门户，而不顾他们的老境！

不义的夫与不良的妻，如同身上的痈疽，纵然费尽心力，除掉之后，也要留下极大的伤痕，有时还隐隐作痛。

选妻择夫，与买马票相类，徒看马的外表，徒听马的声名，徒认马的出处，是靠不住的。

包办的婚姻，若娶妻不淑或遇人不良，还有父母或媒妁担过；自由结婚，若遇不着满意的，只好有泪向肚里流，如同哑巴吃黄连，有苦说不出！

有些男子，一月耗尽心思所得的代价，不足供太太一日的随意挥霍；有些女子，终日忙断手指，所得的收入，不足供丈夫一次的吃喝嫖赌。这全是不肯为别人想的表现。

嫁娶是第二生命，是哀乐的基础，应预先千酌万斟，施行“先小人后君子”的办法；假若预先模模糊糊，成婚之后，又施行“先君子后小人”的行为，悲剧即由此开始。

离婚法中，有夫妻之间，一方久病不愈可以作为离婚的理由一条，我不知是哪一位狠心的人定出来的。夫妻本是以互助为原则，应助之时不助，何必有婚嫁制度？

旁听离婚案件的人，以摩登男女占十之八九。他们或她们并不是出于好奇或看热闹，也不是对双方任何一方表同情；不过是为得些诉讼的知识，看些离婚的手续，以备将来作自己用的资料。

男子中有十分之九，喜爱能理家政的妻，不喜爱能操国政的妻；喜欢富有女性美的妻，不喜欢赳赳武夫式的妻。

金圣叹先生，认定与他同时的蜂蚁，全是有缘的，可见与我们同时的人类更是有缘的。那么，同床共枕的夫妻，尤其是缘中之缘了！既是缘中之缘，岂可为求自己的一时幸福，忍令对方受无穷的悲苦。

有些青年男女，经家长代定了婚姻，自己并不深加可否，先存下娶过来看一看、嫁过去试一试的心理，岂知这正是误己祸人！

现今某报上，征女友的告白中，有一句说“合则结婚”。那用意就是——我们先试一试：我用钱，行我之试；你用肉，受我之试。

女子应征而为妇友，若不以结婚为目的，莫如痛痛快快竖起艳帜而为明娼！

先试后婚，是北平俗语“先尝后买”；试而不婚，也是北平俗语“坏了您别要”。

不说结婚，偏说同居；不说征婚，偏说征友；此中藏着无限的恶意！他们（或她们）既然预先摆脱夫妻的名义，所以后来更可任意离合。

贤妇是内助，悍妇是内患。得内助的男子，对外也易成功；得内患的男子，对内也必失败。前者是升天之梯，后者是附骨之疽。所以英谚说：“埋葬一个悍妻，是快乐的悲伤。”

英国俗语说：“贤德之妻，是丈夫的皇冠。”皇冠本不易得，贤妇较皇冠尤不易得。

男子对惯离婚的女子，多不敢娶；女子对惯离婚的男子，多是敢嫁。因为个个女子，全有自信力。

男子万不可向家里招引比自己有财有势的男子，女人万不可向家里招引比自己有貌有才的女人；否则家庭的爱情，就易摇动了！

妻对夫说话，全是不肯直截了当，全好绕大圈，“加小注”。

对待丈夫，每日向他大拜三拜，不如轻轻打他两拳；尊他几声老爷，不如骂他几声兔子。因为男子对于女子，多是贱骨头！

妻对夫有什么要求，按中外妇女的公例，多是用哭闹的手段。其实用嬉笑的方法，更能发生效力。用哭闹固然多能使丈夫百依百随，然而用嬉笑更能使他忘了东西南北！

妻对夫有何要求，多是先用别家的夫妻做引子、打比方，这种习性最易得丈夫的厌恶。

面貌是妻权，金钱是夫权。

俗语说："少年新妇年年有，就怕铜钱不凑手。"这句话不但古时是如此，现在是如此，将来也是如此！

古时的婚姻是认命的，现今的婚姻是任意的。认命的，必能牺牲自己；任意的，必忍牺牲别人。认命，能化忧伤为安宁；任意，则化安宁为忧伤。

妻的安慰，是最大的安慰；妻的刺激，是最大的刺激。

被妻安慰的丈夫，多成功；遭妻刺激的丈夫，多失败。

新式的婚姻，同居之后，如嚼蜡；旧式的婚姻，娶嫁之后，如开斋（或开荤）。

先试后婚，是北平俗语"先尝后买"，试而不婚，也是北平俗语"坏了你别要"。

有人问我说："为什么自由结婚也多是不能和乐？"我说："因为在未结婚前，双方彼此竭力地克己，讨对方的欢喜，全含着许多客气；结婚之后，名分一定，就要免除客气，发挥个性，悲剧就由此开始。英谚说'结婚是恋爱的坟墓'，就是指自由结婚说的！"

英谚说："邻人之妻美而贤。"其实你若是邻人，你就会知道，她也是不美不贤的。

打破家庭制，是女人成为男子的义务玩物的第一步，也是男女"狗化"的第一步。

打破婚姻制，女子前途与老妓相等。青年时，珠围翠绕；老年时，啼饥号寒。青年时，高朋满座；老年时，无人问津。

英谚说："选妻之道，多用耳，少用目。"我看用耳用目，全靠不住，只可靠命运！

千万莫娶交际明星或社会之花。这种女子，只能使你多生烦恼，因为她的心念中，还有若干备取的丈夫呢！

法谚说："是肉就被人吃，是女就被人娶。"与我国所说"有剩男，无剩女"是一样的。

丈夫少有肯将自己的苦恼向妻说的，并且竭力地遮盖，唯恐被她知道了；妻有何苦恼，不但要向丈夫倾筐倒箧而出，并且要放大十倍！

你对妻诉说苦楚，她不但不用心听，并且以为你没有骨头；她若向你诉说苦楚，你当洗耳恭听，否则她说你没有人心。

对妻发脾气，就等于捅马蜂窝，捅一下并不费力，捅了之后，祸就惹起来；你要想避免一针一针的螫刺，那就费了力了！

妻对夫，总是明情有理的；夫对妻，总是无情无理的。男子一生，娶妻愈多，听到这种的话愈多。

男子一生最大的目的，就是要一个如心如意的妻；女子一生最大的目的，就是要一个如心如意的夫。至于爱国爱民爱世界，不过是好听的名词。

许多妇女对于衣饰，不顾她丈夫的身份同经济能力。

女人多知道“满堂儿女，不如半路夫妻”这句老话。可惜他们对待丈夫，反不如对待儿女那样亲切。

英谚说“若想致富，须向汝妻讨教”与我国“听信老婆的话发财”相等，不过你心里不要失了自主。

聪明的男子，全知道女人不易对付，可是全要娶一个对付对付！聪明的女子，全知道男子不易对付，可是全要嫁一个对付对付！

对待女人，如同哄小孩子，你须耐烦，不要急躁，不可发脾气，可是有时你须假装发脾气。女人对待丈夫，也是如此；若再稍微加上一点眼泪，更有美满的功效。

处在这时代，有钱的人，必要心惊胆跳；有美妻的人，也要胆跳心惊。

因恋爱而结成的婚姻，实在是可爱；但是你若有钱，更能使你的妻，增加可爱的程度。

女人最不信任她们的丈夫，这并不是她们好起疑心，是因丈夫最喜欢对妻说谎。丈夫们所以喜欢对她们说谎，是因为求安宁起见，不得不如此！

男女间，爱情是容易发生而难维持的。婚姻制，是于不易维持之中，所定出的一种勉力维持的最妥善的办法。

妻是夫的私产，夫是妻的私产。夫妻能将对方视同私产，才是真正的夫妻的原则。

当你怕你的夫人，然而千万不可让她知道你真怕她。

女人肯对她的儿女认错，然而对她的丈夫，她总是自居无错可认的，并且是永无过错；而纵然有过错，也是丈夫招起来的。

你千万不可随着某妇人骂她的丈夫，因为骂她的丈夫是她天赋的特权，并且她骂完了还是喜爱他！你不过是空骂而已，所以只许她骂，你万不可妄加材料。

你的朋友若因受了他夫人的气对你诉苦，你最好是不赞一词。假若你对他表同情，随声附和，将来你的朋友必于不知不觉之间将你供出来！她对丈夫可以暂行宽赦，对你必要设法报复！

凡是一个女人，全以为她自己是又美又贤又聪明的完全人，独可恨她的丈夫竟认不出来。

男子主张打破家庭制，是要施行不负责任的纵欲；女子主张打破家庭制，是愿施行白尽义务的卖淫。

我问朋友说："为什么摩登男女，将结婚改为同居?"朋友说："结婚的名词，含有封建意味，若用娶字，未免重男，若用嫁字，又觉轻女；所以改为同居，彼此两不吃亏。"我说："同居！同居！好多的男女，被这个不封建的名词毁了！"

女子虽能加入社会的活动，然而期限是短促的，女子一过四十，只有丈夫肯喜欢她，肯疼爱她！

妇女善能哄小孩子，而独不善于哄大孩子（丈夫）。其实若肯以哄小孩子的耐性与手段，施之于大孩子，更能引得他眉开眼笑、欢天喜地，较哄小孩子还特别容易。

女子若没有固定的丈夫，不过如道旁的花草，虽能得人的欢喜，然而不能得人的爱护。

女人最讲理，不过对丈夫所讲的理，多是她自己的一面之理。

你若愿使你的妻如何修饰，你不可公然劝她，你最好是对作那种修饰的女子，多加注意。你若劝她，她绝不肯听；你若对某种修饰注意，她必加以仿效。

对待丈夫，有时须端起贞节烈女的架子，有时须摆出放荡不羁的言行。

男子为使女人欢喜，固然应当惧内，然而你若怕得太甚，她不但不认为满意，反要说你没有出息、没有男子骨头！

凭男子的智力，绝不致被女子征服。所谓怕老婆者，不过是顾脸面，求安宁而已！

男子提倡打倒婚姻制是脱卸家累，女子提倡打倒婚姻制是自入网罗。

有人说，打破家庭观念，打倒婚姻制度，施行自由社交的时候，政府必为年老的男女，设立华美的养老院，必为幼小的儿童，设立完备的育婴堂；我说还是不如有一个贫苦的家庭，还是不如有一个真正的父亲。

对娼妓施爱情，如同用水浇鸭背；对妻妾施爱情，如同用水润枯苗。

妻，多是类似滚刀肉。丈夫应付她们，最不容易，因为是，横割不行，竖切不得；温火煮不烂，猛火要爆锅；最好是模模糊糊，半生半熟的囫囵吞下，不必认真，终有一些滋味。吃这样的肉，终胜于无肉。

我的亡妻龚氏贞慧说：“男子是耙子，女子是匣子；男子虽能搂钱，须要交人匣子里，才能保得住。”可惜我一生没有耙子的本领，她空负了匣子的名目。女子若不愿为“空匣子”，最好在选夫之前多加注意！

妻对你发了脾气，最好是不加分辩，要竭力对她施展爱的举动，她虽更怒而打你、骂你、抓你，你也不可动气。

旧式婚姻，多是先娶后奸；新式婚姻，多是先奸后娶；摩登的同居，多是先奸后不娶。这三个比较级是一级比一级文明，一步较一步进化！

美国电影明星费尔班克斯与玛丽·皮克福特的婚配，据说是纯以爱情结合的，各国人对他们夫妇无不艳羡赞颂，并且呼他的住宅为“爱宫”（Love Palace）。他们结婚已十三年之久，现今又将实行离婚了！模范的自由婚姻，尚在如此的归宿，其他苟合的自由婚姻更不可问了。我为文明痛哭！

你的妻若修饰完毕，走到你的面前，你无论有什么紧要的事缠身，也要细细看她几眼，只可点头说好，不可擅下正确的批评。

你用钱买好吃的或你所爱的东西，是你出乎情理；你的妻用钱买好的装饰，是她分所应当。

不听母亲话的人多，不听老婆话的人少。女子生十个孝子，不如有一个贤夫！

大学问的女子，不善为妻；大学问的男子，不善为夫。学问愈大，愈难通人情，难达事理！

有固定的婚姻，女子始有固定的人权；有固定的丈夫，女子始有固定的保障。

丈夫对妻，无论如何疼爱，妻也不以为满意。她若是说出满意的话来，丈夫且莫欢喜，因为那是她的回光返照，或是不祥之兆！

俗语说：“光棍打三年，见了母猪当貂蝉。”人非丧了妻，不知道这是经验之谈。

得天下人的同情易，得一个妻的同情难。

多数的女人，全好追问丈夫的口供。这种审讯的举动，较官吏审讯盗贼，还要严酷可怕。盗贼可以忍刑不招，而丈夫多当不起他太太的一审。

娶女学生为妻，是一件极应审慎的事。因为她有时集了众女之长，有时集了众女之短。

有许多摩登妇女，以养孩子为污辱自己的人格，可是她们偏不肯废止预备养孩子的工作。

按圣经，上帝当初造人，只造了一男一女，并未造一男两女，也未造两男一女；足证一夫一妻，是最合宜。

某教教徒，自夸他的教里有专心归主而守童贞的女子数百人，我说她们是反天理、逆人情；因为上帝当初造人，何必造一男一女，又何必将他们配为夫妻！

子女为尽孝而不肯娶嫁，有人心的父母，绝不忍使他们不遂他们的性欲。果然真有上帝，上帝也不能因得男女长久的跪拜他，而不令他们尽人性！

“你的女人应当公诸同好，我的妻是神圣不可侵犯”，这是现今的“公妻主义”。

打倒家庭制，是人类退化的起点；打倒夫妻制，是人类退化的极点。

有人问我：“怎样才可以打倒离婚的恶行?”我说：“男子不娶离婚的女子，女子不嫁离婚的男子。”

旧式夫妻的爱，是以为命中造定的，是义务的，故不敢不爱，不能不爱；新式夫妻间的爱，是以为个人自造的，是任意的，故可爱可不爱。

宁为贫人之妻，不可为富人之妾。贫人之妻是丈夫的心肝，富人之妾是老爷的鞋袜!

聪明的女子出嫁，是要寻一个能疼爱解温存的伴侣；糊涂的女子出嫁，是要找一个供挥霍同玩乐的情人。一个是求精神的爱，一个是谋物质的欲。岂知，精神无尽，物质有穷。

人除非生理上有缺陷或精神衰弱，没有人不起性欲的。为贪虚伪社会的称颂而守寡守鳏，是背天理逆人情，是自找苦吃。

我极端主张，夫死妻嫁，妻死夫娶；我极端反对任意的离婚。重婚的男女，多可再得快乐的生活；离婚的男女，少有美满的结果。因为已死去的易忘，尚活着的是不易忘的。

无钱而娶妻，如无罪找枷扛。枷与家，二字同音，家累之难负荷，尤甚于扛枷！

合两性之姓易，合二人之心难；结婚易，离婚难；正如跳井易，爬出来难。

父母生我，是第一个生命；结婚是第二个生命。第一个是天造的，第二个是人为的。第二个生命若是不良，第一个生命也无价值。

中国习俗，在“放小定”之后，无论发现双方有何不相宜之处，也必要模模糊糊，将二人牵到一志，否则就认为大逆不道。这种恶习，葬送了不知多少男女，造成了不知若干不良的婚姻！

宁可生不逢时，不可嫁娶不如意。宁可在婚娶前，大大方方，慎加选择，招人言论，惹人笑骂；万不可在婚娶后，委委曲曲，勉强对付。

婚姻门当户对，不如二人志同道合！

宁可在结婚前，违抗父母之命，不纳媒妁之言；不可于结婚后，违抗自己的本心，不如个人的志愿，否则迁就一时，将来难免自坏心术。

迁就的婚姻，难期美满；任意的婚姻，决不久长。

嫁娶专看门第，如只看鸟笼而买鸟。

嫁夫娶妻如同买表，是碰运气的，价钱高，式样美，来头大，未必用得住。

有些父母，对子女的婚姻，只注意对方的门第，只知对嫁娶的礼俗斤斤地考求，而双方的性情、体格、志趣却不考虑。这种轻重颠倒的恶习，理应根本铲除！

俗语说："朋友面前莫说假，夫妻面前莫说真。"若不以这话为然，请你将你一切的行为，据实奏明你的夫人，告诉你的丈夫，看看有什么结果？

选妻如同买鸟，要知羽毛美丽态度敏活的，未必就能悦耳怡心，未必不是吃货。选夫如同买马，要知体格壮健精神充足的，未必就能任重致远，未必不是草包。

有些女人，专好搜寻她丈夫的过失，以定她丈夫的罪案。无论什么男子，娶了这种女子，绝没快乐的可能。

男子对任何事，全容易有主意，惟独对一个女子（妻）最没有主意；女子对任何事，全没有主意，惟独对一个男子(夫)，最有主意。

在恋爱的过程中，男子的心念，多是集中在他所爱的一个女子身上；在结婚以后，女子的心念，多是集中在一个男子

男子对任何事，全容易有主意，惟独对一个女子(妻)最没有主意；
女子对任何事，全没有主意，惟独对一个男子(夫)，最有主意。

(丈夫）身上。换一句话说，在恋爱期间，男子的情意是专诚的；在结婚以后，女子的情意是专诚的。所以女子宜于为人妻，不宜于供人恋爱。

丈夫若对妻，忽然竭力表示爱情，妻须用心侦察，因为他若不是真爱她，就是他又同一个别的女子，发生关系了！

古今中外的圣贤豪杰，多得力于妻的赞助。名扬中外的奸雄巨盗，贪污士劣，也多得力于妻的促成。乐羊子若无良妻，不能成学；拿破仑无约瑟芬（Josephine），不能成霸业；秦桧无王氏，不能卖国；军阀政客若有良妻，总可减少祸国殃民之恶行。

北平俗语说“小时候爱妈，大了爱媳妇”实在是一句不可推翻的名言，因为混蛋是如此，圣人也是如此，古今中外的男子，全是如此。

再续的恋爱，如同再蒸一次的肉馒头，无论如何决不如原来的味。英国某杂志说：“恋爱如同披着纱衣跳舞，结婚如同裹着湿被睡觉。”这两句话，正与“结婚是恋爱的坟墓”相同。据我看，只有自由的新式婚姻是如此的；旧式的婚姻，结婚愈久，爱情愈深。

女子选夫，须注意对方的学问品行。嫁循规蹈矩的书虫儿固然不好，若嫁胸无点墨的“绣花枕”，也不高明。

有婚姻制，女子可以永远挟制一个男子（夫）；废除婚姻制，女子可以操纵几个男子（男友）。然而挟制一个男子，则心逸日休；操纵几个男子，则心劳日拙！

男子的习性，多是厌故喜新，见异思迁。男子所以肯屈服于一个黄脸老婆之下，是因为受了婚制的束缚无法跳出；交女友，既可得娶妻的快乐，又没有老婆的牵累。男子既不疯不癫，谁还肯钻人婚姻的羁绊而永受制于一个人？

婚书是男子的“卖身契”，家庭是男子的“拘留所”。

结婚能分我们的忧，增我们的乐；也能分我们的乐，增我们的忧。

婚姻真是一个难解之谜！古时听凭父母之命而成的夫妻，未曾不乐；现今专凭自己的心意而成的夫妻，也未尝真乐！

女子学问愈大，眼孔愈高；识人愈多，选夫愈苛；年龄愈增，机会愈少。如同货品，愈候行市，愈得不到善价。结果，虽忍痛大打折扣，减价出手，而顾主还不以为是占了便宜！

愈是受过高等教育的女子，愈难选得同心如意的高等丈夫。

有人问我“为什么天津最有名的交际明星某女士，竟肯委身下嫁于一个穷记者某甲？”我说：“她还算是一个能见机而作的女子；否则，再过几年，她虽然愿嫁一个穷车夫，也恐怕不能了！”

外国的妇女，并非个个像中国的摩登女子。我见北平两个工人所娶的法国女人与我的朋友所娶的俄国太太，对于料理家政，全胜于中国女子，对于衣饰的俭朴，用费的节省，更过于中国普通的乡妇。

独身主义，是自由而不好受；婚姻制度，是好受而不自由。

古语说：“莫恃倾城貌，嫁个有情郎。”又说：“容颜易衰老。”这两句话，可以做社会之花与交际明星的座右铭。

“打倒婚姻制，实行自由性交”等等的邪说，全是与女子有百害而无一利的，是一些坏男子创造出来的，是要利用好听的名词，不费辛苦而能泄欲。既要度独身生活，就不当偷偷摸摸，寻求异性的调解，而施行零碎式的结婚，与其避名趋实，莫如痛痛快快，实行光明正大的结婚仪式，而取得夫妻的名分。

俗语说：“三十好过，四十难熬。”我愿一些妄谈独身主义的人，尤其是女人，要趁早打量打量，以免追悔不及！

中外古今一切的贤德妇女，都不是完全人；唯有你的夫人，对你，是一个完完全全的人。不但她时时这样想，你有时也要同她想到一条路上去！

现今，有知识的女子，全主张男妇平等；然而又为什么，她们选夫的标准，都愿意嫁一个家产、年龄、学问全高于她们的呢？

夫妻之间，无论任何一方，若能毫无对付、勉强或认命的感想，才是美满的良缘。

世间的配偶，知己或知心的少；不知己或不知心的多。男子应娶一个女中知己，女子应嫁一个男中知己。只可惜，不论旧式与新式的婚姻中，全不易达到这种目的！

我的旧同事，美国某女士，前年竟嫁了她的一个中国学生。有人问她嫁中国人的理由，她说：“在本国觅一个如意的丈夫，比进天国还难。”

旧式婚姻，如食橄榄果；新式的婚姻，如嚼橡皮糖。一个是甜美在后，一个是甜美在前！

自由的婚姻，多起于一时的感情冲动，所以不易持久；旧式的婚姻，男子多认定是应当牢守的义务，所以不易分离。

自由结婚，是破釜沉舟的举动，不是可以儿戏苟且的！在结婚之前，要熟察审虑，知己知彼；既决定后，要聚精会神，立志不移，只可前进，不可退缩，始有好的希望。

女人万不可因丈夫能养家，就谄媚他或畏惧他，这样只能增长他的骄气，低灭自己的人格。

女人对丈夫的希望或要求，须按他的学识能力，不可贪求不止，过了可能的范围。总要鼓励他，万不可刺激他，要知被妻鼓励的丈夫多成功，受妻刺激的丈夫多失败！

性情和善的男子，被妻刺激了必灰心；性情暴躁的丈夫，被妻刺激了必惹祸。古今中外，许多的惨剧，多是起于妻的刺激！

俗语说："妻贤夫祸少。"所谓"贤"者，不只是夫唱妇随；最要紧的是用宽解、慰藉、温柔、和谐的方法，化除丈夫的苦闷与烦恼。

丈夫所求于妻的，不仅是一张艳皮，要求的是一颗诚心。容貌固然是增加丈夫的爱情的媒介，然而也不过是一时的。

人生是苦闷，不是快乐。结婚是人造的一种调解苦闷的制度，两性合在一起，将彼此的苦闷，分开担负，互相慰藉，使对方减少苦闷，才是良好的婚姻。

天下的人，你全对得住，只是对不住你的太太，她对你的好处，你一生也报答不完。你为她累得筋疲力尽而病而死，她当着你的面，也绝不能说你待她好！

有“非孝主义”就必引出“不生养主义”，非孝主义畅行之后，人类即渐归澌灭！

妻若死在你前，她觉着难过，并非专因舍不得你；她是怕你将你对她那种鞠躬尽瘁的余力，又转移到一个别的女人身上！

有些男子以为娶妻，是得一个“泄欲器”以供自己愉快；有些女子以为嫁夫，是得一个“铸钱机”以供自己挥霍。这全是不知结婚原义，忘了各人应尽的职分。

现今的人多咒骂一般贪得无厌的要人，不知咒骂他们的太太。岂知她们若不穿三十元一双的丝袜，不用五十元一瓶的香水，她们的丈夫也不能拼命刮搂！

男子在外，谋求经济，应付社会，苦恼甚多；女子在家，操持内政，对付长幼，苦恼也不在少；然而全是人生应尽的义务……

男子中百分之九十九所要求于妻的，并不在乎她有挣钱的本领，而在乎她有治家的能力。希望妻挣钱养家的男子，非但是没有男子骨头，并且妻也不肯尽这种义务。

男子若不能养家或失了业，对于妻必生惭愧的表示，因为他将养家认作为本分。自从女子职业问题发生，男子对妻增加了一种要求，灭除了一半的责任。我为男子庆贺，我为女子悲哀！

论男女

论情爱

论婚姻家庭

论性爱

论人生

欲生儿养女，须要夫妇和睦、身体强健，并要专心于某件事，不可稍存生儿育女之心，且要常服“独睡丸”！至于看《房中术》、《玉女篇》、《性史》等书以及服春药，全是有百害而无一利，非但不能种子，反要自促天年！

和奸容易生子，是因两性一意取乐，并无立后之心；生子之道，是神秘的，越是鞠躬尽瘁，他越不肯光降！

现今某种书，对于男女间某种事，大谈背逆阴阳、乾坤颠倒的举动；假使此种邪说畅行，将来的小国民，必多哑巴与瞎子。至于如何必生哑巴，如何必生瞎子，我不便细谈。

男女生殖的机关不变，想要化除两性间的界限，是不行的！现今的男子爱女子，多半是欲字，哪里有个情字呢！许多女子，竟将欲字看作情字，所以就生出无限的苦恼来！

《伦敦邮报》说：“一个男子可以有两个欲，绝没有两个爱。”

愈是有学识的男女，愈富于爱情，愈知异性之可爱。目不识丁的男女，对于两性的关系，不过是个“欲”字，或是以两性相合，是尽职分。

从前的摩登少年，受了性欲的冲动，去寻娼妓解决；现今的摩登少年，去找“女友”解决。可见“女友”的效用，有时与救急品无异，全是浪子临时的消遣物。我虽恨这种招“女友”的男子，我更恨这种甘心作“女友”的女子！

北平某报上，发现征求“石友”为友的广告，我认为是名实相符，是最纯洁的，决无黄鼠狼给鸡拜年的心理。至于那种口口声声招请女友彼此研究学术的广告，充其量也不过是研究“性学”！

某报登载，某君欲征女仆一人，并且须能裁衣炊饭，与某君同食同“宿”。这种女仆，即北方所谓之上炕的“老妈”，江南所谓之“脚凳子”。大概某君是上了“女友”的当了！

人生最可怜的，是用皮肉换钱；人生最可恨的，是用钱解决淫欲。欲谋女子的解放，应当首先废止娼妓这一种营生！

没有不含肉欲的爱情，但是常有不含爱情的肉欲。

人类对于性的问题，男子则重好看，女子则重好吃。换一句话说：男子多重色，女子多重欲。

有人问我："为什么古今中外，全主张女子守贞操?"我回答说："这是生理的关系。天下的女子，全是千篇一律，殊少差异；男子的，则人各不同，千差万别。"

花柳病是一种天然的法律，专为限制男女滥交而生出来的！

将来实行自由性交之后，只有身强力大的男子，可以达到目的；身弱力小的男子，只好望梅止渴。

外国的经济制度虽良，也不能由人任性浪费；外国的社会组织虽良，也不容男子随便苟合！

女人的性欲至长的期限，只到四十岁。至于俗语所说："四十如虎，五十赛过金钱豹"，全然不合事实。

男女间的某件事，是一种极大的事，若将这件事看小了，必致人道灭绝，狗道大兴，天翻地覆，世界沦亡！

解放二字，要有分寸。合理的解放，足可提高女子的人权；任"性"的解放，反致低减女子的人格。要知有人格，始能保人权！

解放者，是解除无理的束缚，开放固有的人权。可惜一些摩登女子，以为"解"者，是解除裤带；"放"者，是开放门户。因此反使多数苦恼的妇女不得解放了，岂不可叹！

主张打破妇女贞操的男子们，是主张打破别人家的妇女的贞操，以便他们任意发泄性欲。至于他们家里的妇女，他们恨不能在她们的某处，加上一万张的封条！

儒说“食色”，佛说“财色”。两说相同，全将色列在第二位。然而还是食字，比财字更彻底，因为有时，用财竟换不出食来。

食色也罢，财色也罢，反正是食欲先发，色欲后起，食欲是无休止的，色欲是有期限的。

色欲即性的本能。知识一开，虽起性的冲动，然而须先得急其所急，满足了食欲。

身体如同机器，肚子是发动的机关。食料就是燃料，食料断绝，肚子立刻停止工作，性欲全都化为乌有。

恋爱生于性欲，性欲生于热，热生于血液激荡，血之所以激荡，是生于食的催动。

裸体的大姑娘，不能治饿；干硬的小窝头，可以充饥！

好色者，必多情；好欲者，必寡义！

有一个笑话说：有夫妻二人同居，家境极贫。一天他忽然要施行某种恋爱的举动，她说：明天柴米全没有了！他顿时垂头丧气，如同败军之将。少刻，她寻出半块干饼说：这可以对付我们明早吃的！他立时精神复振，如同得了十万援军。这就是食重于色的凭证。

食欲与性欲，全是天生的好嗜。一是要向内填补，一是求对外发泄；第一样若办不来，第二样就办不到了。身体与国家，全是一理。

性欲若不能发泄，至大不过扰乱社会的安宁；食欲若不能填补，必致摇动国家的基础。我对现今的摩登男女恋爱狂并不深忧，独对于失业者的求食欲大生惶惧！

有一天，群狗们在我住的胡同里，开社交大会。可称是少长咸集爪尾交错，毛形耳影十色五光，歌舞之声惊天动地。我开门一看，竟发现一句“饱暖思淫欲”的现象，因为穷邻所豢养的那只骨瘦如柴的狗，竟卧在一旁放弃狗权，并未参加！

好色是对异性的美而生的一种爱慕的感情，好欲是对异性的某部而生的一种强烈的激动。

欲虽因美而生，然而真好色者，未必在乎欲；真好欲者，未必在乎色。换言之，好色者有选择的心理，好欲者则不加辨别，美的固好，丑的亦可，且无阶级观念。

禽兽中的雌者，所以愿接近雄者，不是为美色所诱，是出于求保护的心。因为雄的，性质威猛，躯体强大，能抗拒仇敌。至于雄者的美声，也与男子唱小曲、弄音乐、引逗妇女的春心不同，不过是对雌者发的一种爱慕的声音，或招请的口号。

洋圣人说：“禽兽以雄者为美，或美于色，或美于声，用以引逗雌者而行性交……”我以为这话，并不确当。

禽兽昆虫，没有审美的观念，所以它们只有欲，而不知好色；并且它们的欲，也多是各有一定时期的。

真好色，必如美人之惜花；真好欲，必如饥驴之嗜草。

好色者，多不失为君子；好欲者，每多流为小人。

好色之念，是随生命而来的，是随生命而灭的；好欲之念，是随年龄而长消的，是随体格而加减的。

好色是由眼起的，是由外而达于内的；好欲是由心生的，是由内施于外的。

中国以男子喜亲近妇女为好色，妇女喜亲近男子为好淫。这两字全不完备，还以近几年来，所译的新名词“性欲”最好。人类之男女，禽类之雄雌，兽类之牡牝，以至昆虫之公母，全可通用。

社交公开，给男子们增了许多泄欲的机会，给妇女增了许多堕落的祸根！

主张社交公开的男子，必是富而淫的；主张社交公开的女子，必是美而荡的！

以先妇女若姘戏子、车夫、马夫、奴仆，是谓之下贱；现今则谓之破除阶级！

男子人人好色，未必人人好欲。真好欲的男子，容易对付；真好色的男子，不易吸引。

唯真好色的人，始能怜香惜玉；唯真好欲的人，才忍摧柳残花。

古时的女子，对身体的某部，多是认为禁地；现今摩登过度的女子，对身体的某部，多是认为公园。

假若男女可以滥交，世上又何必有花柳病？假若女子可以打倒贞操，身上又何必生处女膜？假若男女姘靠可以得到真正的幸福，各国又何必有婚姻制？

见美色而动色欲，见美食而动食欲，是物理是人情。所以圣贤，也不避讳食色二字。

好色，是一种审美观念；好欲，是一种侵占吞食或蹂躏的行为。

同一个年貌相当的异性交往，若能不起性的冲动，那除非是一块铁石。所以古礼不得不限制男女的接近。

现今，多数的青年，对女子若能接近，则只有欲没有情；他们若遭女子的拒绝，则只知恨而不知恕。

自由恋爱与自由通奸，万不可胡扯强拉，并为一谈。前者是从一而终的，是纯洁的，是神圣的，是不当阻止的；后者是三心二意的，是芜杂的，是卑鄙的，是理当重惩的！

食欲求吸收，色欲求发泄。这二欲若不能顺遂，轻则生愤恨，重则动杀机。古圣前贤所以著书立说，舌干唇焦，全是要用正当的方法，使用这二欲达到解决地步。

夫妻间某种的行为，是尽“传种”的职责，并不是专为取乐的一种举动。其所以令人生起美感的原因，是为赔偿将来生产教养的痛苦与艰难。

人类将男女间的某种行为，认做一种消遣，已经是失了本义；至于或用金钱或用物品而达这种目的，更是离题万里，不合自然与手淫相等。

报纸上所登男女苟合的新闻，其中女主角的名字内，多是有一个淑字或是有一个贞字。假若她们，能顾名思义，社会间就可以减少许多笑话！

猴类与人类最相近，它们性的冲动次数，多于其他的生物；但是因为不知好色，所以仍不如人类冲动的次数频繁。

儒家将食色列在一起，极有道理，因为食欲满足了，才能动色欲，无食欲且不能养生命。但是生命的起源，是由于色欲，无色欲更不能造生命。可见二者，与为因果，有同等的重要。

俗语说“色胆包天，饥不顾命”，这两种欲，不是用道德法律就可完全抑制的。欲使人群安宁，为父母的，当使儿女及时嫁娶；为官吏的，应使小民减少捐税，万不可徒唱高调!

管子说：“仓廪实则知礼节，衣食足则知荣辱。”我再加上一段狗尾，添上一条蛇足：“性欲遂则顾廉耻!”

英文“色”是 beauty，“欲”是 lust，beauty 就是“美”，lust 含有强嗜、贪求、热望的意思。所以除了对“性”的问题以外，也可以用，正与我国相同。

论男女

论情爱

论婚姻家庭

论性爱

论人生

对学识不知足，是成名立业的基础。对财势不知足，是亡身丧家的根由。至诚可以动鬼神，何况活人。

小禽小犬，全欢天喜地，快乐无忧，是因为少经事故。老禽老犬全愁眉不展，丧气垂头，是因为饱经阅历。人类也是如此。

老猫老狗，责骂小猫小狗轻浮躁妄，小猫小狗，讥笑老猫老狗委顿颓唐。其实，老猫老狗，正有小的时候，何尝不轻浮躁妄。小猫小狗，到了老的日子又何尝不委顿颓唐。可见小猫小狗并不是识时务的俊杰，老猫老狗也不是不识时务的浑虫。

当进而不进，是自暴自弃。应退而不退，是不知自量。

许多好人，被穷字毁了。许多好人，被富字毁了。我以为不穷不富，才容易养成完善人格。

办公事不可存私见。办私事不可无公心。办公事存私见，必致祸国。办私事无公心，必致害人。

小禽小犬，全欢天喜地，快乐无忧，是因为少经事故。老禽老犬全愁眉不展，丧气垂头，是因为饱经阅历。人类也是如此。

非英雄不肯认过。非大英雄不能改过。不知自己有过的是混蛋。知过而不肯改的，是大混蛋。专以为别人有过的，是最大的混蛋。

青年人须多受压迫，方能灭除许多骄妄的毛病。老年人须多得安慰，才可振起衰颓的心情。青年人不遇压迫，如同树木未经修剪。老年人不得安慰，如同枯根再受霜侵。

男子的学问思想，须如指南针，有一定所指的方向。不可如时髦妇女的衣饰，永没有一定的标准。妇女的衣饰，只知趋新，只知盲从，不辨美恶，不顾卫生。闹得终日惶惶，无所适从。

泥古是顽固。趋新是轻浮。大丈夫要择善而从，不为古人所愚，不受今人之骗。天下虽乱，我心不乱。天地可变，我心不变。如此方能挺然立于天地间。

在打倒一切之先，先须打倒自己的私心。在建设一切之先，先须建设自己的人格。私心如重担，重担不除，不能实行打的举动。人格如精神，没有精神，不能行建的工作。

人类有过去、现在、未来三个思想。禽兽只有现在一个思想。思想愈多愈苦恼，所以禽兽比人类快活。人类有衣食住三样负担。禽兽只有食住两样负担。负担愈多愈劳累，所以禽兽比人类清闲。

男子的学问思想，须如指南针，有一定所指的方向。

人对于已过的最系恋，对现在的最忽略，对未来的最注意。其实，对过去的追想无益，对现在的须聚精会神，对未来的不必打算。若将现在的，尽力而为，不做害人的事，将来自有好的结果。

为善如登山，一步一步地走去，终必达到极高的境地，便觉神清气爽。为恶如掘井，一铲一铲地挖去，终必达到极深所在，立觉眼迷神昏。并且登山，用力小。掘井，用力大。结果，登山者容易下来。掘井者不易爬出。

对贫苦的人说一句好话，胜如对富贵人献千句谀言。一句好话可以叫开贫苦人的心门。千句谀言，不能激得富贵人的一顾。

穷人为富人尽十分力，富人尤以为少。富人为穷人尽一分心，穷人则以为多。所以俗语说："宁给穷人一口，不赠富人一斗。"

人生，快乐是短促的，烦恼是长久的。生活的年数愈多，所认为快乐的事愈少。

世上没有真快乐。我们所认为快乐的事，若达到目的，未尝不是以为是真烦恼。

拉人力车的羡慕坐汽车的，其实坐汽车的人，心中有时不如拉人力车的安逸。坐汽车的横行直冲于街市中，仿佛是逍遥自在。其实未尝不是去奔走权门，屈膝献媚；未尝不是去追妾捉奸，畏罪潜逃。

女子以为男子快乐，男子又以为女子快乐。小儿以为大人快乐，大人又以为小儿快乐。贫人以为富人快乐，富人又以为贫人快乐。女羡男，男羡女。小愿大，大愿小。贫慕富，富慕贫。人生不过是这山望着那山高而已。

名誉如同人的影子。影子的大小曲直，只看你的身体形式如何。名誉的好坏忠奸，全以你的品行邪正为断。

人若肯说良心话，开口第一句，当说自己不是好人。人若为自己作传，首章第一句，当说我是为自己造谣。若为别人作传，开笔一句，当说我是替别人说谎。

读书愈多，阅历愈深，愈以为自己无知无识。读书愈少，阅历愈浅，愈以为自己多智多谋。欲知人胸中知识多寡浅深，须观察他的言行动作。他若张牙舞爪，趾高气扬，必是一个半瓶醋，必是一个纸老虎。

现今，好人多被人讥为无用的人；人所尊为有用的人，又多不是好人。

有名的医生，给人治好了病，人说他是医术精深。无名的医生，给人治好了病，人说他是碰巧了。

“少年老成”四字，现在被一般人误认为污辱青年人。其实是说少年而有老年人的阅历。青年人，既有勇气与毅力，若再有老人的阅历与经验，做事自能少有失败。我以为，“少年老成”四字，正是青年人最好的荣誉。

人与其他动物，在幼稚时代，因被一种好奇心所驱使，最容易不顾前后而遭受欺骗，陷入苦恼，轻则受伤，重则丧命。我在幼年，最喜欢用夹子与拍网捕鸟，所得的雀鸟全是未脱黄嘴的。我问先堂兄：“为什么捕不着老鸟？”他说：“老鸟有阅历，小鸟不听话，所以被你捕住了。”

人若先将自己明白透了，世上一切物理人情，无不迎刃而解。若对自己还了不然，纵能读古今的书，观遍天下的事，也不守是模模糊糊，得不着实在。世界就如同一本大书，自己就是全书的提要。

由书本得来的学识，不是真学识。由书本得来的经验，不是真经验。欲求真学识真经验，须抛开书本，对人情物理，随时随地用心考究。我愈读书，愈不会为人，不能做事。从今以后，我不再读书，我立志先读人。

俗语说“活到老，学到老”，可见人生就是学。只要活着，就得学。学到死，也不过是逃学，并没有毕业。人若自以为学足了，那是妄自夸张。若说某人学成了，那是替人吹牛。若自以为学识过人，形骄气傲，那是恬不知耻。若讥人学识不足，那是不知自量。

女子以为男子快乐，男子又以为女子快乐。小儿以为大人快乐，大人又以为小儿快乐。贫人以为富人快乐，富人又以为贫人快乐。女羡男，男羡女。小愿大，大愿小。贫慕富，富慕贫。人生不过是这山望着那山高而已。

人生就是学做人。可惜人生短促，费尽全力，朝夕研究，将要入做人的门径，就要变鬼了。这真是一件可憾的事。

我自二十岁以后，学问退减，只练成一个顽梗不化、不肯受骗的本领。无论人说得天翻地覆，我心自有一定主见。我只肯受妇人女子之骗，然而也是明知故受。男女之性，即根本不同，男子受女子之骗而为她们的奴隶，并不可耻。若男子愿受男子之骗而为他们的牺牲，实在可叹。

我见两个人力车夫争吵。甲强乙弱。甲不善言辞，乙口齿伶俐，甲默不出声，乙跳叫不止。甲忽然伸出巨灵之掌，向乙的脸上连加攻击。乙连哭带骂，自指鼻尖说：“你……你……你敢打么?”甲不言不语，又狠狠地重打了乙几下。打完，拉着车走了。乙还是站在那里，自指鼻端，大声喊叫着说：“小子啊，你……你敢打太爷么?”我实在佩服甲的手，我更佩服乙的嘴。然而甲的手是争强的手，乙的嘴是招辱的嘴。

穷人以命换钱，阔人用钱换命。命可以换钱，可是终不能换命，足证命比钱贵。

服从家庭的尊亲，服从适宜的师长，不是奴性。正如服从真理，不是盲从。

心服口服而后从之，是真正的服从。吠影吠声，不辨邪正而亦从之，是真正的盲从。

人生就是碰钉，碰一回钉子，长一分见识，增一分阅历，做的事愈多，碰的钉子愈多。没有碰过钉子的人，必是没有做过事的。不过，聪明人能因别人碰钉子，而增见识长阅历。糊涂人虽碰了钉子，还不知是钉子，必待左碰右碰，碰得体无完肤，不知钉子的厉害。

老年人，遇事退缩，并不是生来畏缩，是因为被钉子吓怕了。青年人，遇事猛进，也不是生来勇杀，是因为还未受着钉子的教训。

富人与穷人，多不能得天然之死。因为有钱的人，多是被药毒死的。无钱的人，多是为钱愁死的。

对贫民施舍一枚铜钱，他们就认你是恩出格外。为子女遗留黄金万两，他们也认你分所当然。

一个父亲能养育十个儿子。十个儿子反不能奉养一个父亲。

心即是佛。心即是上帝。若问心无愧，何必念经礼拜；若问心有愧，又何必念经礼拜。果有神佛，神佛决不受骗。果有上帝，上帝更不易欺。

我的先父，穷困半生。临终，虽未给我遗下分文，可是留下破屋六间半，旧书数百部。我因是不孝之子，屋与书全经我卖了花了。现在我已悟悔，我若幸而有子，他也遗传我的劣性。所以我发誓，我若有钱财有东西，决不给他留下分文抛下一件，以免他替我卖了花了。我既能卖能花，何必劳我儿子的大驾。钱物经我而聚，自我而散。取之社会，还诸社会，正是名正言顺，又何必另经一个姓宣者之手。

“青年”是最危险的时期，是将预备加入社会活动的初步。必须要在这血气未定的日子，立下坚强的志向，埋头预备他日谋生的知识。更须刻苦自修，不受外务的利诱。否则就要误入奸人的圈套，而因小失大，作了他们的牺牲。

青年人，多是心高志大，只贪虚誉而不重事实，只重未来而忽视现在。要知心高，是应追求高尚的知识。志大，是要培养伟大的人格。有高尚的知识，再有伟大的人格，才能做一番光明正大、轰轰烈烈的事业。

人生如种树，如建楼。青年正是培根筑基的时候。根深树必茂，基固楼自坚。我在青年时期，虽有远大的心志，然而因为忽视应预备的知识，忘了培养正大的人格，以致学问浅薄，品行卑污。所以蹉跎至今，一事无成，寸名未立，小不能维持一家的生活，大不能造福于社会。这不是环境的不良，确是因为当初我未肯在培根与筑基上做功夫。

能责己的人，必成功；怨环境的人，必失败。责己，则能振起精神，力求上进。怨环境，则失望忧烦，容易趋下流。

我对某大学的学生说：“凡事以个人为主体，环境不过是四周的情形。主体不可为四周的情形所影响了。比如说：一盆桂花放在粪厂里，环境是臭的，而桂花仍不失其香。一块狗粪放在桂花林里，四周空气是香的，而狗粪仍不失其臭。我们当为臭环境里的桂花，不可为香环境中的狗粪。”

不合时宜的人，多是最好的人。善于趋时的人，绝不是好东西。

人生就是苦恼。所以一出娘胎，开口第一声就是哭，绝没有一见天日就大笑的。哭先于笑，是人生的途径。笑不过是偶尔的表示而已。假若一落生就笑，反要招起人怀疑，说他非妖则怪，或要将他置之死地。因为是违反了人生观了。

愈有不良的环境，愈能造成非凡的人物。中外历史里，这种实例，说不尽，写不完。仅以舜这个人而言，若非遇着不良的家庭，决不能命名他成为我国自古以来的圣贤。他因不被环境所限，刻苦自修，不但使百姓受他的恩泽，他更能将他的万恶家庭感化好了。现今的多数青年，只知怨恨家庭，不知用正心修身的方法，去改善环境，所以日与恶环境同化，堕入不可救药的地步，而变成环境的牺牲。

人生就是吃饭问题。所以不论男女、贤愚、英雄、豪杰、帝王、将相、贩夫、走卒，一落生全感觉饥饿的痛苦，大哭特哭。乳一到口，啼声立止，因为吃饭的问题总是解决了。

我不怕鬼，我只怕人。我只见人害人，我未见鬼害人。我听说鬼害人的事，实在不如我亲见人害人的事多。

肯当面得罪人的人，无论如何，全是好人。

天下凡速成的东西，必不能耐久。芭蕉一年生长八九尺，松柏一年生长一二寸。所以芭蕉不能经风霜，松柏则可以抗冰雪。一则一年一枯，一则千年不死。竹虽体质坚硬且生长得速快，然而内部全是空虚的，不能抵挡坚物之一击。速成之名与速成之学，也是如此。

没有多时的预备，绝不能得一鸣惊人的成绩。爆竹虽小而能震人的耳鼓，雷声虽虚而能撼人的魂魄。一则因经多时的制造，一则生于多时的蕴蓄。陈涉本是一个小卒，竟能一举留名，成为自古以来，以平民向专制帝王革命的第一个人。人全说他是时势所造的英雄，成名太速。然而若细查他在贫贱的日子，所发的言语，也可以明断他实在是用心深远且有多年的预备。

世界如同一棵玫瑰花。悲观的人，只想它的刺可怕。乐观的人，只想它的香可爱。

不能治国，而曰受帝国主义的阻扰。不会为人，而曰环境不良。这种人才是自暴自弃的人。

时时责己，不期然而然地就化为君子。时时责人，不期然而然地就变成小人。或为君子或为小人，只看你能反身自省不。

立志要如山，行道要如水。不如山，不能坚定；不如水，不能曲达。

无论多么混蛋的人，也能遇见比他更混蛋的人捧他。混蛋再遇着混蛋来捧，他那混蛋的程度，就无药可医了。

你若想试验人的智愚深浅，最好是当面先颂扬他几句。他若不露喜色，不失常态，必是一个非常人。他若眉开眼笑，忘其所以，必是一个大混蛋。

吹牛的人，只能祸己。拍马的人，必能祸人。对于吹牛者，当置之不理。对于拍马，须严加预防。否则，在不知不觉之间，他将你拍舒服了，就能骑上你。

你用金钱，有时买不动人心；用谀言，则人多能被你收买。千古的伟人与美人，多因谀言败名失节。

你若愿瞻仰"混蛋"是什么形态，对人颂赞几声，立时就有一个"混蛋"，摆在你的眼前。

如要骂"环境不良"，先要问问你本人的天良，你是不是"不良环境中的优良分子"。如要骂别人不爱你，先要扪心自问，你是不是一个可爱的人。如要骂别人不肯用你，先要自问，你是不是有过人之才。

有好货物，不怕没有买主。有好学识，不愁没有用处。货物若不精美，还少有人肯照顾，何况没有货物。学识不优良，还少有人肯聘用，何况没有学识。在这政治未上轨道的时候，固然有些酒囊饭袋得到高官厚禄，然而他们若没有吹牛拍马的特长，或没有能生养美人的父母，也绝不能走那样的好运。要知政治入了正轨之后，还是有学识或有技能的人才能有饭吃。所以最要紧的是，赶快努力蓄养充足的学识或有用的技能，将来不愁没有你的用武之地。比如你若是美玉，终能遇着卞和。

我最怕听人说“我若想发财，早发了”或“我若想做官，早做了”我一听着这种自向脸上贴金假充神圣的话，就如遇见婊子对我谈贞节，我总是回答说：“我为我自己奋斗二十余年。总想发财，总发不了；总想做官，总做不成。”

什么叫清高？有钱，谁也容易清高。什么叫卑鄙？无钱，谁也容易卑鄙。我以为，有钱足够生活而能不再贪得无厌，就是清高。既有钱足敷一生之用，而仍贪求不已，就是卑鄙。

我常对学生说：“财产有败，势力有倒，人情有散，父兄有死，这几样，全靠不住。只有学问或技能，是靠得住的。不过，无论有什么高超的学问或技能，全须以道德做基础。中外历史里，许多学问出众、技能超群反致身败名裂的人，就是因为他们那学问与技能未曾建筑在道德上。”

我在“农学院”与“铁大”教英文的时候，学生们问我学英文应当怎么样学。我说：“只按‘不要脸’三字做去。无论学习什么学术技艺，若肯拉下脸皮，无不成功。学习洋文，只要不怕讥笑，敢说敢做，敢勤勤地向人请教，所学所习，就能日有进步。仅以梅兰芳而言，他本是堂堂的一个男子，他竟敢在广众之前，着起女子服装，扭扭捏捏，细声细语，装模作样，不怕羞耻，所以能练成一个名伶。当初他若‘要脸’，决得不到今日的美誉。他在学习之日，能‘不要脸’，所以学成之后，反倒露了脸了。不过，天下的事，除了研究学术与技艺之外，若不要脸，那就是自寻失败，自找苦吃。”

天本是虚空的，不能靠。人多是虚伪的，不可靠。世间唯有自己是自己最可靠的。

我只劝学生们几句话，就是：立定志向，稳住脚步。不为古人的奴隶，不作今人的傀儡。不要见异思迁，不可舍己耘人。不要拍人的马屁而替人摇旗，不可受人的利诱而代人呐喊。但有机会读书，不必早谋出路。若想为国奋斗，须先立下根基。要知现在是青年最危险的时期，稍一大意，就要赔了性命，切勿贪图一时的虚誉，徒为野心之辈做了求富贵的阶梯。娱乐场所，全是陷人坑。摩登女子，尽是迷魂阵。人生只有一个生命，不应随便牺牲。父母生我一场，孝不孝，先可不论，若不能成名立业，才是胡混一生。死后若鬼魂有知，总要不使它痛哭流涕。

存愤世嫉邪的心，天下少有不可恨的。怀悲天悯人之志，世间少有不可怜的。

良心无愧，身体无病，胸中无累，肩上无债，是最大的快乐。

糊涂人的糊涂，有法可治。聪明人的糊涂，无术可医。

有孝顺的儿子孙子，不如有孝顺的爸爸爷爷。孝顺的儿子孙子太少，孝顺的爸爸爷爷太多。

儿子孙子承受爸爸爷爷的财产，全以为是理所当然，并且爸爸爷爷也多以为不如此就于心不安。爸爸爷爷得儿子孙子的奉养，反多以为受之有愧，并且儿子孙子也多以为若如此就是莫大的恩德。因受遗产而感念爸爸爷爷的人，千百中未必有几个。因得儿子孙子奉养而感念儿子孙子的人，千百中实在有千百。

糊涂人，多成功；聪明人，多失败。自以为聪明的人，必失败。

英国俗语说“天助糊涂人”，这是一句迷信话。其实，是因为糊涂人多有自知之明，遇事只知循规蹈矩地做去，不存非分之想，不敢有出位之思，只知低头傻干，不敢行险取巧。如同登山一般，不问山的高低，一步一步爬去，自有达到极顶的时候。人看糊涂人那种傻头呆脑的情形，以为他必遭失败，岂知他的成功，就在眼前。他成功之后，人还疑惑不是他自己所能成就的，于是，就造出一句“天助糊涂人”。

存愤世嫉俗的心，天下少有不可恨的。怀悲天悯人之志，
世间少有不可怜的。

不能自治的人，必人治。幼年不受尊长训责的人，将来必遭社会的轻蔑，遭受国法的制裁。监狱中的囚犯（除了少数遭诬陷的人之外），全是不能自治或幼年不受管教的人。

人之一生，十分之九为己，十分之一为人，就是天下少有的极大的好人。百分之九十九为己，百分之一为人，就是好人。至于说某某伟人，一生专为民众生活，我决不相信。寻常人，若说“我立志终生专为人谋幸福”，那是等于放屁。我以为孔丘与释迦，至多也不过是十分之二三为人而已。

谀言（马屁）是一种骂人不带脏字的讥评。只因为是用柔和的声调与温顺的态度说出来的，所以入了人耳，就如同打了一下吗啡针，立时先使你微觉麻木，然后就觉得血液循环，肺叶颤动，周身舒畅，不知东南西北，忘了姓甚名谁。染了这种嗜好，与习成吗啡病相同。日染日深，前途绝无好的结果。然而不肯近吗啡的人太多，不肯纳马屁的人简直没有。我虽是竭力拒绝，心里有时也是欢迎。

在学校混文凭易，在社会混饭吃难。

老禽老兽，费尽辛苦，甚至舍生忘死，将小禽小兽养起来。到了小禽小兽能飞能走自己寻食的日子，便各奔前程，父母子女的关系，立时断绝。以后重逢，如不相识。我们替老禽老兽打算，它白费精神气力，未免太糊涂。然而因为它们不能反想，所以不知悔悟，仍是生生不绝，并不知研究任何避孕或堕胎的方法。

人是有反思的动物。假若将儿女养起来与他们没有一点益处，只知受养育之恩，不知还报之义，人谁还肯操心费力，养育忘恩负义的害物呢？古圣先贤，唯恐人类将要断绝，所不创出一个“孝”字，使为父母的不致灰心。

孝字正是引诱为父母的一种钓饵。儿女虽不能个个全孝，然而为父母的，总以为他们必有尽孝的可能。心中存着这种希望，所以就甘心担负养育辛苦。全以为我们现在为儿女虽受尽苦劳，将来总有使我们快乐的结果。因有这种思想在心中鼓动，人就繁殖下去了。

禽兽不知尽孝，然而绝没有对父母为仇的。中国的古语“枭食母、獍食父”，并不是实有其事。不过古人特意造出这种谣言，警戒不孝之辈，不要学禽兽而已。按《述异记》说，獍状如虎豹而小，生食其母。《汉书注》又称狡曰“破獍”，说它食父。它到底怎么样，我看论动物的书很多，也未能查出来。枭，俗称猫头鹰，北平人称它“夜猫子”。我由种种方面考察它，绝没有食母的恶行，只知它们有时同类相食。老的因为力弱被强壮的吃了，剩下一些毛骨在枭巢底下，人就因此造出谣言诬蔑它们。

禽兽对儿女，只担负短期的义务。禽到了能飞，兽到了能走，能自己觅食，可以自己独立的时期，父母对它就脱卸下养育的责任，决不肯再受缠累。人类则由生到死，只要有父母，父母就能对他们挂肚牵肠。禽兽为儿女打算，至多不过几个月，人类为儿女打算，无尽无休，甚至到两三代之后，人岂可不孝。

人有才识，正如商店有好货。纵然自吹自擂，若没有人代为宣传，也难有人肯来照顾。不过既得了宣传的效验之后，更当维持住了信用。否则，人上当只一回。不但人与商店是这样，一切主义学说，也是如此。

儿童喜奉承，是因入世尚浅。妇女喜奉承，是因阅人不多。老年人喜奉承，是因活得日子太久，碰钉子太多，到了残年暮景，愿听一些顺耳的话，安慰安慰已经失望的心。

谀言与美色，全能催动人的血轮，使人发生美感，振起人的疲倦。耳里喜听谀言，正如眼中愿见美色。也可以说，谀言是耳中的美色，美色是眼里的谀言。

有人问我："你是否喜欢人对你拍马屁"我说："何尝不喜欢，不过我既无学识，又无财势，虽愿受人之拍，其如人之不肯白费气力何。"

世界就是一个大学校。世上的人，不论男女，全是这学校的学生。一脱离母胎，就在这学校里报名注册。活到老，学到老，永没有学成了的日子。"殃榜"就是修业证书。善恶的声名就是成绩。自从这学校成立以来，修业生不知有几万万万。不论你在这学校里，如何聪明，如何愚昧，修业之后，同归"完事大吉"。孔子、释迦、苏格拉底与穆罕默德等等人，也不过是为学校里的高材生而已，他们也没有毕业。

什么是人生？人生就是“离了母腹向坟墓里的路程”。少亡的，就是这条路短；老的，就是这条路长。所谓命好的，就是这条路平坦；命苦的，就是这条路崎岖。在这条路上，老老实实走的，就是君子；在这条路上，争争斗斗走的，就是小人。不论你怎样走，当不了自己的经验。

钱是好东西，然而须会用；书是好东西，然而须会读。正如水与火，全是人生所一日不可缺的，但是若用得失宜，全能与己与人有害。

诚、伪、公、私四个字，是分别君子与小人的试金石。君子必诚，小人必伪，君子必公，小人必私。

不给父母招骂，是孝子。使父母增荣益誉，是最大的孝子。

求学如逛景，须自己时时刻刻一步一步地留心观察，才能得到真正的知识与阅历。徒读死书，不过如同读古人的游记而已。说得虽然热闹，当不了自己的经验。

俗语说：“养儿不养俩，老了轮官马。养儿不养仨，老了没有家”。又说：“好儿不要多，一个当十个”。这些话全是警戒那班对儿子不嫌多的人造出来的。

某人说：“父母想得儿女的济，是没有道理的，因为生儿女的原因，是为图贪一时的快乐而起的。既然贪快乐，就当有代价。儿女就是快乐的代价。”他这话实在是追本溯源之谈，所以人为儿女操心费力耗财惹气，不必怨天尤人，只呆怨自己当初太不老实。

在这文明进化的时代，生儿子的好处，就是你到临终的时候，若有财产，可以有所交托。生女儿的好处，就是在你活着的日子，多一门亲戚来往。

人生一世几十年，仿佛是岁月久长。若细一细想，也不过如同梦幻泡影，转眼就完。任何权位财产，也不能永久据为已有。所能永远占为已有的，就是学问与名誉。军阀强盗，能夺人之权位，杀人之肉骨，分人之财产，而不能夺人之学问，不能灭人之名誉。历史中，这种证据说不胜说。

青年人思想，一天比一天新，正如他们的身体一天比一天长。人过四十，身体既不再长，思想也就稳定了。

人生是忧闷时多，欢乐时少。世界是扰乱时多，太平时少。否则人更不愿死了。

要学好，先学诚。欲学坏，先学伪。

少年人最忌轻浮躁妄。老年人最忌暮气颓唐。一则无事呆成，一则无步可进。所以中年人办事，多易成功。

真混蛋，不致吃大亏。假聪明，始能惹是非。

骄满虚妄，是伟人失败的第一步，戒慎恐惧，是伟人成功的第一步。

真正大英雄的胆最大，是勇于为善。真正大英雄的胆最小，是法于为恶。

名誉是人生最靠得住的财产。有名誉的人，虽穷决不至于饿死。因为有无形的财产带在身旁。

人全喜爱金银。假若用金银造成一个笼子，将他关闭起来，他决不愿意。妇女全喜欢金手镯，若用金做成手铐，将她双手连起来，她也不赞成。因为金笼金铐虽好，怎奈束缚了他们的自由。然而有些人，因广有金银之故，全于无形之中人了笼，加上铐了。

无钱财无权势的人，全以为有了钱财，有了权势，必然快乐。其实，达到这两种欲望之后，未必就能真快乐，没有儿女的人，全以为有了儿女，必然喜欢。其实，有了儿女，也未必就能真喜欢。人生只是彼此羡慕而已，我以为，因没有而生羡慕，终比因有了而生烦恼的滋味好。

人一生的大毛病，多是对别人的事，看得明明白白，对自己的事认得糊糊涂涂。因为有这个毛病，所以世上闹得七乱八糟。假若能将这毛病反过来，世界必能风平浪静。可惜，人性既不能改，世界也就没有安宁的日子。

良心胜私欲，则为君子。反之，则为小人。

有知识有道德，是人材。有道德无知识，是凡材。有知识无道德，是狗材。无知识无道德，是弃材。既无知识又无道德反自以为有知识有道德，是杀材。

苏秦张仪，走遍六国到处受欢迎。孔丘孟轲，行遍天下到处碰钉子。因为苏张所谈的，是合于一时的人欲。孔孟所谈的，是万古不变的天理。一则如娼妓小人的甜言媚语，当然易惑人心。一则如节妇义士的冰言冷语，自必难入人耳。

钱是人人结纳的好朋友，可惜它的架子太大，最不易使你接近。你纵然费心力，将他请了进来，它也不愿永久与你同居。你略微不加谨慎，它就能脱逃而去。你若再寻找它，恐怕不易了。你纵然发一恨心，将它锁起来，它也许运动你的子孙，将它放出去。

钱虽然好摆大架子，但是它是天生的贱骨头，生就的势利眼，最喜欢跑到富贵人手下为奴隶，决不愿走入穷苦人家里当祖宗。当贵人对它点手就来，有时它竟不请自至。穷人愈对它磕破头皮，哀恳号呼，它愈洋洋不睬。

钱是奴性的，只可供人的指使，人不可受它驱策。你若能善用它，它就是你的忠仆。你若不善用它，它就变成你的恶主。人若终日为钱用心，就变成财奴。财奴是世间最苦的奴隶阶级中的人。因为俗语说："奴使奴，使死奴。"那么，献身奴既是奴下之奴，焉得不苦呢。

人的一生，不只是当祖父的孙子，父亲的儿子，儿子的爸爸。这三样的程序，虽然全做到了，与普通动物传种的义务，也没有什么高超的分别。人总须在立德、立功、立言三件人生最大的职务上，做到一样，才不污辱这个人字。

人不论富贵贫贱，能尽力为人群办一件有益的事，作一篇有益的文，说一句有益的话，也未尝不算是立德立功立言。人所共知的孔、老、庄、程、朱、释迦、耶稣、苏格拉底、卢梭、韩愈、张骞、苏武、岳飞、秦良玉、马志尼、惠灵顿、华盛顿、富兰克林、南丁格尔等等，也不过是人中最有名的而已。

学校只能造就名义上的人才。真正的人才，全是靠自己肯用心，肯吃苦，肯耐烦，肯为人所不能为，所造就起来的。

四年前，我对民国大学的学生说："有形的文凭不是吃饭的执照。真正吃饭的执照，是无形的学识技能。由大学毕业，不是就算学成了。文凭不过是一张转学证书。入了社会，才是肄业的开始。社会才是真正的大学。"

满口谈道德的男子，多是伪君子。满口讲贞节的女子，多是丑妇人。

肉体不健康，必受疾病的传染。心思不坚定，必受邪说的诱惑。

天下行动最迟慢的，以蜗牛为第一。然而在一星期中，它若不止地向前爬，它可达三里之远。可见读书故事，不怕迟慢，最怕停顿。

“诚实不欺”四个字是人生秘诀。

富人，怕人夸他有钱。妇人，怕人说她不美。

你最大的过错，是你以为你自己永无过错。你最大的失败，是你以为你自己永无失败。

我平生最爱钱，因为钱能提高人格，钱能维持生命。我平生最好色，因为色能悦人眼目，色能提人精神。我平生最爱书，因为书能增人知识，书能化人忧烦。我平生最好交友，因为友能谏人改过，友能助人进德。

对学识不如自己的人，有傲态，对学识高于自己的人，有嫉心，全是因为少读书少阅历。多读几篇好书，多经几番事故，自能化除这种小家气。

读书不难，难在选读。交友不难，难在择交。

为好人，生前受人爱慕，死后受人崇敬，何苦不为好人。为恶人，生前受人讥评，死后受人咒骂，何苦必为恶人。

修身与养身不同。修身是修千万年不死的真身，养身是养几十年必死的肉体。修身是拒恶，养身是防病。然而能修身的，必能养身；能养身的，未必能修身。

无学识，并不可羞，无学识而偏欲彰显自己的渊博，才是可羞。无钱财，并不可耻，无有钱财，偏要表示自己的阔绰，才是可耻。

聪明不是福，善用之则为福。愚蠢不是祸，不善用之则为祸。

老子说："知人者智，自知者明。"苏格拉底说："人要自知，一切智慧，由此而起。"东西两个贤哲，全是以"自知"指示人。人果能自知，决不致把自己看作圣人，也不致将别人认为混蛋。军阀们层层捣乱，学者们时时骗人。全是由不自知三个字生出来的。

说实话得罪人，是一时的。说谎话联络人，也是一时的。被实话得罪的人，将来仍必与你恢复已往的交谊。被谎话联络的人，终归必定发觉你的狐尾。

我平生有两件最认为荣幸的事。一是在东城椿树胡同，曾与终生不失个性的辜鸿铭先生住过街坊。一是在前外羊肉胡同，曾与伶界的"女圣"刘喜奎女士比邻而居。辜先生甘受穷苦，不肯同流合污，以至困顿而死。刘女士虽为坤伶，永不肯出风头，永不肯操副业。她嫁崔某之后，不幸守寡，至今仍是节励冰霜，甘为崔某抚孤。

我的脑筋是腐化的，思想是落伍的。我认定，男子一生，若能牢守个性不肯随人摇旗呐喊，就是男子中的模范。女子一生，若能严护身体，不肯任人辟为“公园”，就是女子中的圣贤。

有真道德，必生真胆量。凡怕天怕地怕人怕鬼的人，必是心中有愧，必是品行不端。

不论你有天大的学问，你若没有准定见，见什么新鲜，你就投什么机，你纵然被人视为先知先觉，你到底是一个匹夫。不论你有出众的才能，你若没有准定见，见什么摩登，你就干什么事，你纵然被人呼作交际明星，你归终是一个娼妇。

我常对学生们说：“你们不必侈谈毕业后如何救国救民。先要扪心自问，毕业后是否自己有换饭吃的本领。”我在学校读书时，屡屡高谈救国救民的梦话，常常抱定舍我其谁的野心，对于应学的功课，向不专心，以致到如今，穷愁潦倒，不能自拔于困苦之中。回想当年“救国救民，舍我其谁”的大话，真使我汗下如雨。所以我一听学生说大话，我的脸皮，就为他发麻。

对老年人拍马屁，足可以提一提他的精神。对青年人拍马屁，实在是要阻碍他的前途。老年人离死不远，拍他几句，使他欢喜一场，虽近于卑鄙，未尝不是道德。青年人后望无穷，拍他几句，易使他生起骄满之习，虽近于鼓励，未尝不是阴险。

我劝青年在入学校前，要将自己认作混蛋，毕业后，更要将自己认作混蛋。如此，才能脱离混蛋的樊篱，虽处于混蛋世界中，而能不为混蛋。

天理是人所共有的一个真理。良心是人所同具的一颗本心。天理，也可以说是自然之理。良心，也可以说是自然之心。

人不可无疑心，读书无疑心，得不到实学。交友无疑心，得不着良友。并且天下的真理，全是存着疑心而求出来的。

彭祖寿长，也死了。颜子寿夭，也死了。石崇豪富，也死了。范丹清贫，也死了。秦桧害人，也死了。岳飞被害，也死了。吴三桂为泄私愤而请清兵，也死了。史可法为报国仇而抗清军，也死了。嫫母貌丑，也死了。西施色美，也死了。我才明白了，原来，人无论怎么，也必有一死，谁也不能长生万年。

生为男子，因报答知己，因维护公理，性命可以牺牲。假若只为吃饭问题，身体万不可属之于人，成为饭东的私有物。并且先要查一查，饭东所赏你的饭，是不是国家的。

以性命报知己，以性命护公理，是英雄豪杰的气节。以人格殉富贵，以人格换饭碗，是奴隶猪狗的行为。

有人问我："为什么古今许多英雄豪杰，在困穷之日，肯投靠于不如他们的人？"我说："英雄豪杰，心抱大志，打算做一件轰轰烈烈的事业，如同一个矮小的人，要登高墙，自必要寻一个'梯子'。假若一时寻不到梯子，那么，遇见一个'马桶'在旁边，未尝不可利用为进身的阶梯？假若嫌它臭，就爬不到高墙之上。当初，刘邦，就是张良、韩信的梯子。韩林儿，就是朱元璋的马桶。"

天下有种人最可恨。一是有病不肯吃药；一是无病偏要吃药。前者刚愎自用。后者是庸人自扰。

人的思想，是随年龄而变的。所以青年人与老年人，决不能成交。大姑娘与老太婆，永不能合作。

古语说："得人者兴，失人者崩。"古今中外的伟人，所以能成大事，全是能识人，能用人。张良韩信，也曾投靠项羽，所惜项羽不能识人，不能用人。终归张韩二人被刘邦所利用，成了制项羽死命的利器。张韩如同蒙着灰法的明珠，卖到两个小贩手里，一个不识货而向外推，一个识货而因此致富。

真正的幸福不是钱所能买到的。真正的名誉与学识，不是死所能泯灭的。

信好话，受实骗，是现今多数青年与多数老实农工的传染病。人生不幸，处于乱世，只有埋头读书习业，为将来打算，是青年人的安全途径。专心一意，靠筋力工作，养大豢小，是目下农人工人的稳妥办法。只要是有书可读，有业可习，有田可种，有工可做，就是幸福。未来的幸福靠不住，眼前的幸福莫牺牲。

去私心，才能办公事。能自爱，才能讲自治。

许多摩登的青年男女，以为他们的父母不懂恋爱。我不知他们是怎么来的。

我的一个老同学对我说："现在的青年，真不得了。他们正事不作，专门的恋爱'密斯'。"我说："你不要'洗了手之后，就不认做贼。'我们当初又何尝不爱密斯。不过，我们当初是爱在心里，他们现在是爱到外头来了。"

男子的思想，万不可学摩登女子的衣饰。她们为趋时起见，对于衣饰的肥瘦长短，今日改变，明日革新。愈想趋时，愈要落后。结果，枉劳精神，枉耗钱财，空惹一肚子气。

我以为，人的思想，必须如同做衣服，不管别人穿肥穿瘦穿长穿短，你总当做不肥不瘦不长不短的。别人穿有花纹的，你总要穿素面的。如此，你就总赶得上时兴。

由道德所生的胆量，是能维护真理的。这种胆量也就是孟子所说的"浩然之气"。

天下只有两种人。一是可敬的好人，一是可怜的坏人。好人所以可敬，因为他认清了人生应走的途径，专向光明的大道中前进。坏人所以可怜，因为他误解了人生的正路，偏向黑暗的死途里急趋。

什么样的人是最讨厌的？最讨厌的人，就是在你正要自颂功德的时候，他先自夸其德了。

你所欢迎的人，是能向你献谀言的。你所厌恶的人，是能对你尽忠告的。

学生在学校里，得随便的机会愈多，将来处社会，所碰的钉子愈大。

非有大胆的人，不敢说实话。非有决心的人，不敢行直道。可惜，说实话，行直道的人，不但不能处社会，甚至不善处家庭。

大智果能若愚，不但自己可以减少许多烦恼，社会也可以少生许多扰乱。大愚偏要若智，不但使社会日趋扰乱，自己也不能幸得安宁。天下所以多事，全是因为一些大愚若智的人捣乱而起的。

按本分做去，自有幸福。候机会之来，少有成功。

向坑中急行，不是正当的进步。向安稳处退后，不是怯懦的落伍。

我最反对“迎合潮流”一句话，迎合潮流，是随着时代的思想奔驰。决非一个有男子骨头的人所肯做的。生为一个男子，就应当有稳定不移的思想，不能因别人的思想，乱了自己的方向。处在这邪说流行、思想颠倒的时代，非有男子骨头，不能做一个堂堂正正的人。

我常劝学生们说：“你们对于‘潮流’要咬定牙关，牢守主见。在潮流正汹涌的日子，顶好是以一块‘岩石’自任，要做一个中流砥柱。假若力量不济，须要做一根‘芦苇’。千万不可自暴自弃，甘做一个‘浮萍’。岩石决不是潮流所能移动的。芦苇遇着潮流，虽在水中摆摇，然而根子不动。浮萍并无根底，只浮存在水面上，任凭潮流的趋势，随波逐浪，永远没有自己的准定向。”

后汉司马徽说：“识时务者，在乎俊杰。”这句话常被一些投机的人与趋时或盲从之辈误解了。要知投机不是识时务。趋时与盲从，也不是识时务。识时务是遇着一个时会，知所当行，抱定一个正大的目标、合理的见解，应付当前所发生的事务与时机。

孟子说：“孔子，圣之时者也。”也不是说孔子善于投机，善于圆滑。是说孔子在他当日所处的时代，应付当前的环境能行妥善稳健的办法，能确然独立，不偏不颇，不右倾，不左倾，能超出凡俗之辈，思想言动，能为时代的中主，而不为时代的牺牲。

人的一生，总是以为将来要比现在好。因为人人全有这种思想，所以才都愿意活着，以便看看将来究竟有什么好的实现。

人人全希望将来比现在好，可惜到了将来，多是得到反面的结果。所以宗教家，就创出“天堂”、“净土”或“极乐世界”等等的名词，使人于无望之中，仍存着一个有望的思想。并且指示人，若能存善心，行善事，终能有好的将来。存恶心，行恶事，必有坏的结果。可见宗教的存在，何尝于人无益呢?

宁可开倒车不可开狂车。宁可落伍不可盲从。开狂车是不问前路如何，一味地猛进。盲从是不察是非邪正，一味地追随。前车已覆，后者若赶紧退行，不可讥为开倒车。众人已跑入泥塘，自己若立时止步，不可认为落伍。

随和二字最坏事。有许多人因为随和，以致身败名裂。我的亡妻常怨我不肯随和，我说：“随所当随，和所应和，才是真的随和。假若一个女人，迁到花街柳巷，她可以因为随和而操皮肉生涯么?”

以诚信处世，无往而非康庄大道。以诈伪处世，无信而非崎岖险途。

办公事须不十自得罪人。办公事若怕得罪人，则所办的事必然不公。

风雨晴阴寒暖燥湿，本是天气的运行，还不能尽满人意，何况操持政权的人办公事呢。办公事若利于君子，必得罪小人。利于小人，必得罪君子。然而眼光远大的人，办公事宁要得罪小人，不得罪君子。因为若怕得罪小人，自己也就变成小人了。

我信运气，我更信有好学识，有好技能，最容易交好运气。

你做事，只要合乎天理良心，必能合乎世理人心。

为善，是少有阻力的，正如白昼行于广大的平原，你尽可放心大胆努力进行。为恶，是多有妨碍的，正如黑夜行于崎岖的深巷，你必须提心吊胆瞻前顾后。

你若以为自己是个好人，你一生一世也脱不掉小人的坯子。假若你以为自己是个坏人，你在不知不觉之间，就能走入圣贤的领域。不但为人是如此，求学与为政也是如此。

先知道自己糊涂，才能有转成聪明的希望。先知道自己卑鄙，才会有化为清高的可能。总而言之，先知道自己不如人，才可以超过人。

以数十年必死之身，求千百年不死之名，骨虽烂而名不死。以数十所必死之身，求不可必得之欲，欲未足而身已亡。

道德是永久不坏的势力。信用是永久可靠的资本。也可以说，道德是无形的势力，信用是无形的资本。古圣先贤的尸骨，虽然早已化成灰尘，可是他们的势力，至今还能感化人心。有一些老商店，并无许多资本，然而竟能日增月盛。原因就是因为对信用二字，牢守不失。

愿得神助者，自助。愿得人助者，助人。

困难是欺软怕硬的。你愈畏惧它，它愈威吓你。你愈不将它放在眼里，它愈对你表示恭顺。古今中外一切伟人，所以能立下惊天动地的事业，留下永久不死的声名，最大的原因，就是起于不怕困难。

防人讥评，先自讥评。避人咒骂，先自咒骂。

古今许多聪明人，被一私字毁坏了。古今许多愚拙人，被一公字成全了。所以我常说："私念损人不利己，公心利己又利人。"

现今多数的青年，不向日后想，所以终日贪玩取乐，对应求的学业，不肯用心。现今多数的要人，不往身后想，所以终日尔虞我诈，对当尽的职务，不肯用心。一个是误了自己的前途。一个是害了个人的名誉。

历史是人类明镜，是人生哲学，是处世学理，是古人的经验谈，是今人的未来预知术，是善恶循环果报录。常读这种书，不但可以增加智慧，更可使你知道你无论有多大财产多大势力，你也脱不掉死。你无论如何足智多谋，无论如何神通广大，你死了之后，也是完事大吉。只有你那或好或坏的名声，是永久常存的。

在位尊权大的时候，不敢指责你的人愈多，将来痛骂你的人愈众。你在当权之日，愈能罪己恕人，日后愈有人歌颂崇拜。

古说："未归三尺土，难保百年身。既归三尺土，难保百年坟。"许多的恶人，正在为所欲为的日子，竟被人害了。许多帝王将相的坟墓，竟被人掘了。吕后生前是可怕极了，死后竟被赤眉污了尸。乾隆前生是威严极了，前年竟被碎了骨。

将爬山看得难，永不能登峰造极。将求学看得难，永不能出类拔萃。

使猫看家，不是提高猫权。使狗捕鼠，也不是提高狗权。使它们各尽所长，才是不逆天性，不背物理。我以为，男女间的一切也不当违反天性，背逆人情。

我岂不愿学好人呢，怎奈坏人也不能长命百岁，我何苦空费心机。我岂不愿升官发财呢，怎奈学识不足以谋求，我何必痴心妄想。

我不迷信神。我最迷信理。神是渺茫难凭的。理是妥实可靠的。理就是神，神就是理。神，是聪明人由理中想出来，用以警教不讲理的人。真讲理的人用不着怕神，不讲理的人有时因怕神而讲理。

理如同人在地球上所定的经纬线。地球本是浑然一团，不易测度的。一有经纬线，就容易别寒暖，定远近。人世本是浑然一团，不易考究的。一有理字，就可以定是非，别善恶。

经纬线本是人假设的线。地球虽然未生出线来，可是你若研究地面的度数，就不能不用。理本是人假定的名，它虽然无形无象，可是你若考量世界的人事，就不能不遵。

地球既是圆的，所以经纬线也是圆的。圆的就必旋转。旋转就是循环。现既如同人世的经纬线，所以也有循环性。

盗贼恶徒，若能时时扪心自问，也可以一步一步地成为圣贤。圣贤若不肯时时扪心自问，也就必一级一级地降为盗贼恶徒。

良心虽是人人全有的东西，然而人若不肯扪心自问，就不能发现了，正如山中纵然有矿产，假如不肯掘挖，绝不能现出来。

良心是人人全有的，良心是人人心中的明镜。私欲就是蒙蔽这块明镜的灰尘。人若肯扪心自问，就是肯拂拭这种灰尘。人若能时时扪心自问，良心自然日见光明，私欲自然无法可人。

强盗和恶徒，虽然无法无天，他们有时也知敬爱好人。他们所有不能化为好人，就是因为他们的良心被私欲蒙蔽得太厚了。

《大学》上曾子所引证汤王的盘铭：“苟日新，日日新，又日新。”就是天天日日要拂拭这块明镜（良心），使它不被灰尘（私欲）所遮蔽。既肯天天日日勤加拂拭，不肯间断，自然一天比一天光明。一日比一日光明，就是一天比一天新，俗语说整旧如新，可见不整，就不能新。

圣贤与凡人不同的地方，就是因为不肯使私欲掩住他们的良心，时时勤加拂拭。恶人所以昏天黑地，是非颠倒，就是因为他们太疏忽懒惰，自暴自弃，不肯对良心稍加拂拭，私欲就日积日多，反客为主了。

存心要如山海。行动要如江河。发言要如日月。

行正道，发直言，存好心，不必怕人，更不必怕神怕鬼。

我活到现今，只见损人利己的人失败，吃亏让人的人成功。可见奸巧是祸，拙笨是福。

现今使我最痛心的是多数的学生，愁将来无出路而不知对眼前的学术用苦功。要知俗语说“有货不愁卖”。你只要学成一个“社会所必不可少的人才”，社会里一定有你吃饭的地点。

不要恨怨人不肯用你，只怕你没有供人需要的技能。要知有好货，终有识货人。你在学校，虽然能混一张或买一张文凭，须知在社会，实不易混一个或骗一个饭碗。

学校不过如同一座“镀金炉”。社会确实如同一块“试金石”。你镀的金愈薄，愈抵不住试验，不久就要露出你原来的“胎子”。

自古没有不亡的国，不败的家，不死的人。人若想长生不死，永久立于不死不亡不败的地位，须在人格上注意。

古时雅典的大贤兼立法者梭伦说：“能服从人者，始能管理人。”那意思是说“能为人下，始能为人上”，“能先服从指挥，将来才能充当首领”。现在许多青年，全有“首领欲”，然而在家庭，不肯受父母管教。入学校，不容师长管教。他们将来如何能成良好的首领？正如不守铺规的学徒，绝成不了好铺长。不守纪律的兵士，绝成不了好将官。

人能责己，立刻就觉得风平浪静，海阔天空。人若责人，顿时就现出愁云惨雾，荆天棘地。

有人问我，怎样做事才算是合乎天理国法人情。我说，只要做事不放纵，就是合乎天理国法人情。若能合乎人情，也就能合乎国法，也就能合乎天理。因为这三样是一件事，正如耶教所说的“三位一体”。

专为身家打算的人，绝成不了伟人。能做惊天动地的事业的伟大人物，全是能忘身家的人。你若能忘了身忘了家，千秋万世的人，绝不能忘了你。

现今摩登女子，全讲究曲线美。我以为刚正的男子，当提倡直线美。我所说的直线美，并不指身体而言，是指说话行事立论，男子要直直爽爽，不当曲曲折折。要痛痛快快，不可遮遮掩掩。要坦坦然然，不当忸忸怩怩。

最好的为已是为公。最好的利已是利人。

俗语说聪明反被聪明误，是一句不合理的话。因为真有聪明的人，决不能被聪明所误。凡说自已为聪明所误的，决不是有真正的聪明。

自已不是好人，偏要假装好人，固然不是容易。自已明明是好人，偏不愿使人知道他是好人，更是加倍的不容易。

讲天道，不可失人道。处人世，不可忘天道。

读千遍弥陀，不如行一件善事。修十座神庙，不如救一个活人。

占课相面的，令人靠天求福。风水先生，令人靠地求福。这仿佛想天上掉馅饼，想地下出金窖，全是徒劳妄想的。最好的求福之法，是靠良心。只要良心不坏，纵或享不到大福，也必受不着大罪。

求“远大”的，失“近小”的。求“虚空”的，失“真实”的。求“身后”的，失“眼前”的。求“未来”的，失“现在”的。所以明白人，只在“近小、真实、眼前、现在”的事上注意。

人，前半生，费尽心思，将自己练成一个混蛋。后半生，又费心思，研究自己为什么是一个混蛋。

“为好人而贫贱，为恶人而富贵”是不合天理的，是偶然的，是例外的。世间的事，凡背逆天理，违反自然，出乎定例的现象，决不能长久。

易经上所说“自强不息，恐惧修省，惩忿窒欲，迁善改过”十六个字，不但可以压倒欧美的一切人生哲学，并且是“希圣希贤”、“成佛作祖”的必由之路。

急于发财者，发财之术决不正当。急于立名者，所立之名决不稳固。急于成学者，所成之学决不可靠。我以为，世上的事，除了救人救灾与捉跳蚤之外，不必求速。

处理困难的事，如同整理乱丝团，愈着急愈找不着头绪。

现今摩登女子，全讲究曲线美。我以为刚正的男子，
当提倡直线美。我所说的直线美，并不指身体而
言，是指说话行事立论，男子要直直爽爽，不当曲
曲折折。要痛痛快快，不可遮遮掩掩。要坦
坦然然，不当扭扭怩怩。

只要耐着烦忍住性，必能不被困难所胜，而且能战胜困难。

真有治事之才的人，遇着难决的事，如同不名的数学家遇见难解的算题。非但不生畏缩之念，反要因而发生兴趣。

君子不羡人之富贵而羡生之名节，不羡人之高龄而惜自己空耗的光阴。

“尽人事，听天命”不是一句迷信话，正如“不问收获，只问耕耘”不是一句虚妄语。因为，先尽人力而为，多半有如意的结果。至于成与不成，或好或不好，只有听其自然而已。

人的一生，只是在奔忙、恐惧与希望中过日子。至于安逸、快乐与满意不过是例外的事。总而言之，是乐不抵苦。

希望是维持人生的。它虽无形无象，可是它的潜势力极大。上自圣贤豪杰，下至匹夫匹妇，全都受它的支配。有它做主，你活着就有精神。它若离开你，你生活就无趣味。

希望是世界进化的原动力，是催人前进的“吗啡针”。人之所以求学习艺，奔波劳碌，熙来攘往，争名夺利，生儿养女，拜佛求神，以至于创主义，讲学说，全是被希望所驱使的。

希望，随着人的年龄与体力而增进，也随着人的年龄与体力而减退。青年男女，所以活泼嬉乐，富于进取的心，并非因为他们全是天生的混圣哲，是因为他们的希望，正是生长的期间。老年的男女，所以萎靡唐颓，富于退缩的心，也并非因为他们是天生的混蛋，是因为他们的希望，正是衰残的时候。所以谁也不应当讥评谁。

人生如同登山。平均以生活六十年计算，前三十年是走上坡路，后三十年是走下坡路。所以三十岁以前，觉着时间过得慢。三十岁以后，觉着光阴过得快。

孔子所说“三十而立，四十而不惑”。这“而立”与“不惑”两样称谓，是极有意思。再用登山作比方，三十以前，一步高一步，见识也一步广一步。到三十，如同达到绝顶，喘过气来，身体才能直立。到四十，如同将下了绝顶，登山的情形与所见的景物，也阅历过了。人若将登山的事向他陈述，无论如何玄妙，再也骗不了他了。

人生如同草木，须经过一个“发芽、猛长、成熟与枯萎”的阶段。

人的一生，如同四季。由初生到二十是春。由二十到四十是夏。由四十到六十是秋。由六十到八十是冬。春种，夏耘，秋收，冬藏，平均起来，人只能活三个季而已。

人生最快乐的，就是孩提时代。不过这种快乐，当时觉不出来。愈往前活，愈增后悔。可是只能老了，不能小了。

人生，当学生的时候，想当孩子的时候。当教员的时候，想当学生的时候。当爸爸当妈妈的时候。想当儿子当女儿的时候。当老头当老太婆的时候，又想当小伙子当大姑娘的时候。向回里想，仿佛食橄榄。向以后想，如同嚼蜡头。

欲望是随着知识而增长的。知识愈大，欲望愈多。欲望愈多，烦恼愈甚。所以我曾对某女学校的学生说："你们的享用，固然是村姑乡女所梦想不到的，可是你们所感觉的痛苦，也是他们所梦想不到的。"

愈精巧之物，愈不能耐久。愈精明的人，愈不能发达。

一时之誉易得，千载之名难求。常人愿得一时之誉。圣贤愿立千载之名。不重一时之誉，不惜千载之名的人，只可称之为行尸走肉。

君子得势，所行所为怕得罪小民。小人得势，所行所为怕得罪上官。

不要轻视人，要知一村夫乡女，也能知道许多你所不知的事，也能给你一个你所梦想不到的教训。

你若能立志永不为恶，世上就少了一个坏人。你若能劝人永不为恶，世上又多了一个好人。

人的一生，只用"出入"两个字，就可以包括了。譬如，吃喝是入，拉撒是出。死是入，生是出。娶是入，嫁是出。受是入，施是出。一出一入，循环不停，直到入土为止。因为人的来源，也是由出入而起的，所以一生就办出入的事。不但人是如此，一切动物的一生，也不能脱开出入轮回。

人的一生，也可说是“捣乱”。求学习艺，娶妻嫁女，养生送死，奔波劳碌，东往西来，你恭我敬，你争我夺，虞尔我诈，钩心斗角，争权夺利，吃喝嫖赌，送往迎来，悲欢离合，杀人放火，奸淫窃盗，念佛烧香等等一切，一切等等，总而言之，统而论之，也不过是“捣乱”而已。

重形式，失精神。重外表，失内心。重虚伪，失真诚。

为恶，若能安享幸福长生不死，未尝不可为恶。为善，若必时遭苦恼短命夭亡，人又何必为善。世上所以劝人为恶的少，勉人为善的多，就是因为，为恶迟早终有恶报，为善迟早必有善缘。

俗语所说“修桥铺路双瞎眼，横行霸道有马骑”仅是一句气愤的激烈话，并不是为人的正当方针。要知子路所说的“为善者，天报之以福。为不善者，天报之以祸”是亘古不变的座右铭。因为天就是自然之理，循环之道。正如“种瓜得瓜、种豆得豆”并不是迷信之谈。

能辨别善恶正邪才是真知识。能通达人情物理才是真学问。若只求新奇，不问是非，纵然留学万国，著书千卷，也不过是一个能言能写的禽兽。

对阴险的人，不必恼恨他。他自己就能在不知不觉之间，走在阴暗险恶的途径里，正如一个人蒙着眼向悬崖进行，他的前途是可能预断的。

能“先天下之忧而忧”必能免忧，能“后天下之乐而乐”必能长乐。

处治世，为好人易。处乱世，为好人难。处治世，生活容易，环境安和，纵然不去为恶，也算不了一个好人。正如一个女子，衣食不缺，且日与一群贤妇贞女同居，而能不卖淫，哪还能称她为贤女么？处乱世，生活艰难环境恶劣，偏要努力学好，才真算一个好人。正如一个女子，衣食两缺，且日与一群娼妓荡妇同处，而能清白自守，那才配称为贞女呢。

贪名的人，不顾利。贪利的人，不顾名。贪名，虽为古人所戒，我以为，贪名的人，容易改邪归正，弃恶从善。

身，可为人奴。心，不可为人奴。身虽为人之奴而心却不甘为人之奴的人，可敬。身虽不为人之奴而心却甘为人之奴的人，可怜。

在学问道德上，热心追求，如同闻兰桂，愈闻愈香。在富贵享乐上，热心追求，如同闻尿粪，愈闻愈臭。

俗语说："理直气壮，理亏气馁"。理就是良心。气所以壮，是因为有良心作护符。气所以馁，是因为失了良心的援助。

贪字是人生的大敌。万般罪恶多是因贪之一念而起的，种种苦恼也多是由贪之一念而生的。

《淮南子》上说"猛兽不群，惊鸟不双"。英国俗语说"猪羊群处，熊虎独游"。我以为，生成一把男子骨头，也当特立独行，超脱于群众之外。冻死也好，饿死也可，决不可加入什么派或什么关系。

"其性与人殊"一句批评人的话，人全以为是耻辱。我以为殊不过是差别、不同，并无避忌的必要。不过，为人应与恶人殊，与小人殊。要与善人同，与君子同。

人在贫贱的时候，若不能安分守己，到富贵的日子，必定祸国殃民。追查几个已死未死的军阀的身世，就可证明他们那骂名千载的成绩，全是自幼养成的。

直木才可以做栋梁，直人始可以当大任。弯曲之木只可成小器，邪曲之人只可任微职。

圣人不是如同蘑菇，经一阵雷雨之后，就能由土里钻出来的，也不是可以经一班信徒或一系一派一党的人，于短促的时间所能捧起来的。

圣人须有超凡脱俗的个性，有迈众超群的天才，有勤勉刻苦的修养，有博古通今的学识，有富贵不能淫，贫贱不能移，威武不能屈的道德与精神。又须得一些志同道合的信徒的辅佐与继成之力。

孔子、释迦、耶稣、穆罕默德，在当日，也绝无人肯将他们认为圣人。并且他们也曾屡受凌辱，大遭疑嫉。他们虽有极顶绝巅的个性、天才、修养、学识、道德与精神，假若他们的信徒不能诚心诚意团结一致，恪遵遗教而行，孔释耶回的道理，也决不能流传普遍。只因他们的信徒能不违遗教，所行所为超凡脱俗，能不“宣真方，卖假药”，所以能引起别人的推崇佩服向往倾慕。历年愈久信仰的人愈多，深入人心牢不可拔。圣人的荣名，遂成了他们的专利。可见虽是天生的圣人，若非不好的信徒，也不过是昙花一现，人亡道息而已。

有人问我，什么是个性，我说按心理学，人全有一个特异与人不同的性质。这不同的性质，就叫个性。不但人有个性，甚至除了人以外的动物，也全有“个性”。

个性有善恶邪正直曲之分，人若能牢守善的正的直的个性就是君子，人若坚持恶的邪的曲的个性，就是小人。

《吕氏春秋》说：“石可破也，不可夺其坚。丹可磨也，不可夺其赤。”任子说：“水可干而不可夺湿。火可灭而不可夺热。金可柔而不可夺重。石可破而不可夺坚。”于陵子说：“良金百锻而不失其采。美玉百涅而不渝其洁。”这不可夺，不失，或不涅的特点，就是个性。大丈夫，当学“石之坚，丹之赤，水之湿，火之热，金之重，玉之洁”。

我对学生讲英文文法的“物质名词”。说物，分之于极微极细，而仍不失原名的就是，譬如木可以做成桌椅。你若由其中任何部分取下一块，就不能称所取下来的为桌椅，而得称之为木。纸可以制书报。你由其中任何部分撕下一方，就不能称所撕下来的为书报，仍须呼之为纸。木与纸二字，就是物质名词。我以为男子应如物质，任经如何改造，也不失原名原性。

个性是为人的资格。人若没有个性，不但不配称之为人，简直是有愧于物。

人身如同钟表，四肢五官五脏六腑，正如钟表内外的机件。命，正如钟表的主要机关（发条）。人吃喝，如同钟表须上弦。人得病，如同钟表须擦油泥。人死，如同钟表断了发条。不过钟表的发条，还可以接，可以换。人的发条一坏，只有完事大吉。市上可以寻得到二百年前的钟表，然而找不着二百年前的男女。

不必“怕饿死”。你守定正道而行，看看饿死饿不死。不必“羡富贵”。你妄行险路而求，看看有祸没有祸。

前年，我由小市上买一个牙制的骷髅，到今日还摆在书桌上。我对它敬如师长，尊若神圣。我每逢因贫贱着急，我就看一看它。想一二十年后，我的本像也不过同它一样，我何必贪求。我每逢因愤怒十良人，我就看一看它。想到一二十年以后，我的本像也不过同它一样，我何必烦恼。

某报登载某青年的来函，说他生在不良的家庭，不能容身。处在污浊的社会，难谋职业。投入机械式的军队，度牛马的生活，受种种残酷的待遇，前途黑暗异常等等的话，并求指示明路。某报编辑，劝他存正大的志向，努力自修，做一个好军人。某青年虽染了现在青年的毒，然而还怕误入歧途，实在是可造之材。某编辑那种答复，实在是因势利导，对症下药。假若遇见野心的编辑，也必要随某青年，大骂环境，未免就要将那位青年引入愁云惨雾里去了。

某青年要知，不良的家庭，正是鼓励有志者的兴奋剂。自古以来的伟人，多是由不良的家庭，激迫起来的。不易谋求职业，是怨自己没有真正的本领。真有本领的人，少有真饿死的。军队原是机械式的，原是牛马式的，待遇原是残酷的。不但中国的军队是如此，甚至目下青年们，所认为天堂的外国的军队生活，也不能例外。俗语说“不经苦中苦，难为人上人”。威震环球的拿破仑，乍入军队时，也不是总司令。中国的名将，也多由小兵演进而成的。

一个青年，若居家，就怨恨家庭，处社会，就怨恨社会，或到一处，就怨恨一处，我管保他一生也没有成功的希望。不但不能有所作为，简直心中一时也不能安宁。纵然将他送到他所羡慕的外国，他也要喊革命。纵然将他送到天堂，他也要一二十年后，我的卓像也不过同它一样，我又何必贪求烦恼。

向下跳。

我对我的学生某青年说："人处于不良的环境中，如同身落泥塘里。决不可乱嚷乱骂，或呼求救援。必要奋力爬出来，才是好小子。若能在爬出之后，再设法将泥塘填平了，才是大英雄。"

世上种种的困难，决不是少爷式的人所能战胜的。世上种种的劳苦，也不是少爷式的人所能忍受的。少爷式的人纵然赶上"天雨金"，他也不愿费力拾起来，他还恨上天不替他送到银行里去。纵然天上掉洋服，他还嫌式样不摩登颜色不如意。纵然天上掉面包，他还嫌无果酱缺黄油。这虽近乎笑谈，然而现在一些挑拨性质的书报，多能将大有后望的青年，练成这种少爷式的废物。

英国格言说"平静的海面，养不成精练的舟子"。我以为安乐的境遇，造不成伟大的英雄。

哈兰德说："上帝为鸟造食，然绝不送至巢内。"他那话正是为那种怨天尤人、不知进取的人说的。

当一个要人，修坟地，建宗祠，不是光宗耀祖。做一个好人，不给乃祖乃宗招骂增羞，才是真正的耀祖光宗。

为好人，只要一个良心。做恶人，须费千条妙计。

青年人，多为将来的事做梦，老年人，多为已过的事后悔。中年人，不但为将来的事做梦，又为已过的事后悔。人之一生，也不过是做梦与后悔而已。若将眼前的事尽力而为，就可以不为将来做梦，也可以避免为已过的后悔。

合理和恒久的生活目标是志向。非理与变动的生活目标是妄想。也可以说，志向是定见，妄想是做梦。

志向是专一的，妄想是复杂的。伟大的人，一生只能有一个志向，所以能成大功立大业。平凡的人，一生存无数的妄想，所以必多失败少成功。

志向如正路，只要一心一意地走去，虽途径长远终必能达到目的。妄想如歧途，纵然东奔西驰而求，虽途径短近，终必不能有所成就。我半生所以寸名末立，一事无成，就是因为错将妄想当了志向。

我曾求朋友将“寸名未产，一事无成”写为对联，悬在我的寝室。有同学老友见了说：“这对联仿佛挽联，你何必悬挂。”我说：“我生与家庭无益，与社会无补，与国无功，与世无利。活着与死了，毫无分别。你说是挽联，实在合情合理。我寿终之日，你有若能将这八个字作挽联，才真是我的知己。假若你用‘典型犹在’，‘哲人其萎’或‘老成凋谢’等等的词句送幛子，那才是骂我呢。”

狮虎天性凶暴，残生害命。然而种类，不能发达。牛羊天性温良，屡受摧残。但是子孙，日加繁殖。可见“强者荣华，弱者消灭”之说是不合自然现象的话。

自然之理，是抑强扶弱，奖善惩恶。人若逆自然之理，自逞聪明，自显强横，就是对自然革命，迟早就要被自然之理淘汰了。我所说的自然淘汰，就是循环果报。

自然之理是损有余补不足的，是戒满忌盈的。高大的山与深长的河，尚且日渐缩小。人的寿命。既不如山河，就当不求有余，力避盈满……

人类有富贵贫贱的阶级，我以为正是鼓励人自强上进的梯子。你若羡慕人的富贵，你就勉力向上攀登。若只坐在梯底下怨天尤人，梦想有人把你抱上去，那是徒劳妄想，你纵然将梯子打倒了，仍必有人将它扶起来，再往上爬。

世事就仿佛一个梯子。人生就如同爬梯子。在这种梯子前后左右，你争我挤各不相容。若得到梯子的正面，就费力小而成功易。若得着反面或侧面，就费力大而成功难。你若爬不上去，只可怨你的心不志不坚，脚跟不稳，不能怪人推你挤你。

良心就是上帝。背逆良心，就是得罪上帝。

俗语说“为人不作亏心事，半夜敲门心不惊”。心所以不惊，是因为有“良心”从中做主。

据我多年观察，无论如何贫穷卑贱的人，全有发达的希望。唯独好占便宜的人，永远不能有发达的可能。因为好占便宜的人，是生就一身穷骨头。他无论算计得如何精巧，到底还是外面拾进来一升，家中反失了八斗。

精于算计别人，必疏于为自己计算。人所最易受欺骗的时候，就是正在他用心欺骗人的日子。

我的学生某甲，为将来没有出路大着其急。我对他说：“你将眼前的功课，预备好了，将来自有出路。若只在吃喝玩乐上注意，仅在衣饰上讲求，将来不但没有出路简直只有死路。”

不必讥骂古人。不必拍捧今人。要立定志向做一个好人。

人的两只眼，全是平行的，所以应当平等看人。人的两耳，是左右并列的，所以不可偏听一面之词。人的鼻端，共有两个孔，所以不应当随着别人一个鼻孔出气。人只有一条舌，所以不能说两面话。人虽只有一个心，然而有左右两心房，所以做事不但要为自己想，也当为别人想。

真恶人，如同明枪明刀，容易使人躲避。假善人，仿佛暗枪暗箭，令人无法提防。所以被真恶人骗了或害了的人少，被假善人骗了或害了的人多。

真小人是蒙虎皮的狼。伪君子是蒙羊皮的虎。

动物中，唯狼最不知爱惜同情，然而非到饥饿无法忍受的时候，决不自相搏食。可惜生为万物之灵的人类，愈是衣食不缺的人，愈要损人利己。

今日不较昨日好，就是苟活一日。今年不比去年好，就是虚度一年。所谓好者，不是增加财富与权势，是增加学识与道德。

生活是工作，不是游戏。是为别人，不是为自己。是牺牲，不是享乐。认清了，就能随遇而安。误解了，就必怨天尤人。

世上人，共分三等。第一等人，是与世有益的。第二等人，是与世无害的。第三等人，是与世有害的。人的等级，不可由职业上分。我以为，人力车夫与倒马桶的，若存心公正，就是第一等人。大学者与委员长，若存心偏私，也是第三等货。

去年我由地安门用铜圆四十枚雇人力车到灯市口，匆忙付了钱票一张。进门之后，车夫敲门，说我所给的是一张六十枚的，要退我二十枚。我见他举动奇异，问他为什么不占便宜。他说："富贵，天给的，瞒心昧己，发不了财。"可见下级社会的人，若存一点迷信的心理，也不肯做背逆天良的事。从来阴狠奸恶之徒，全是些毫无信仰的。

不必向人详说你的苦恼，要知人人全有自己的苦恼，谁

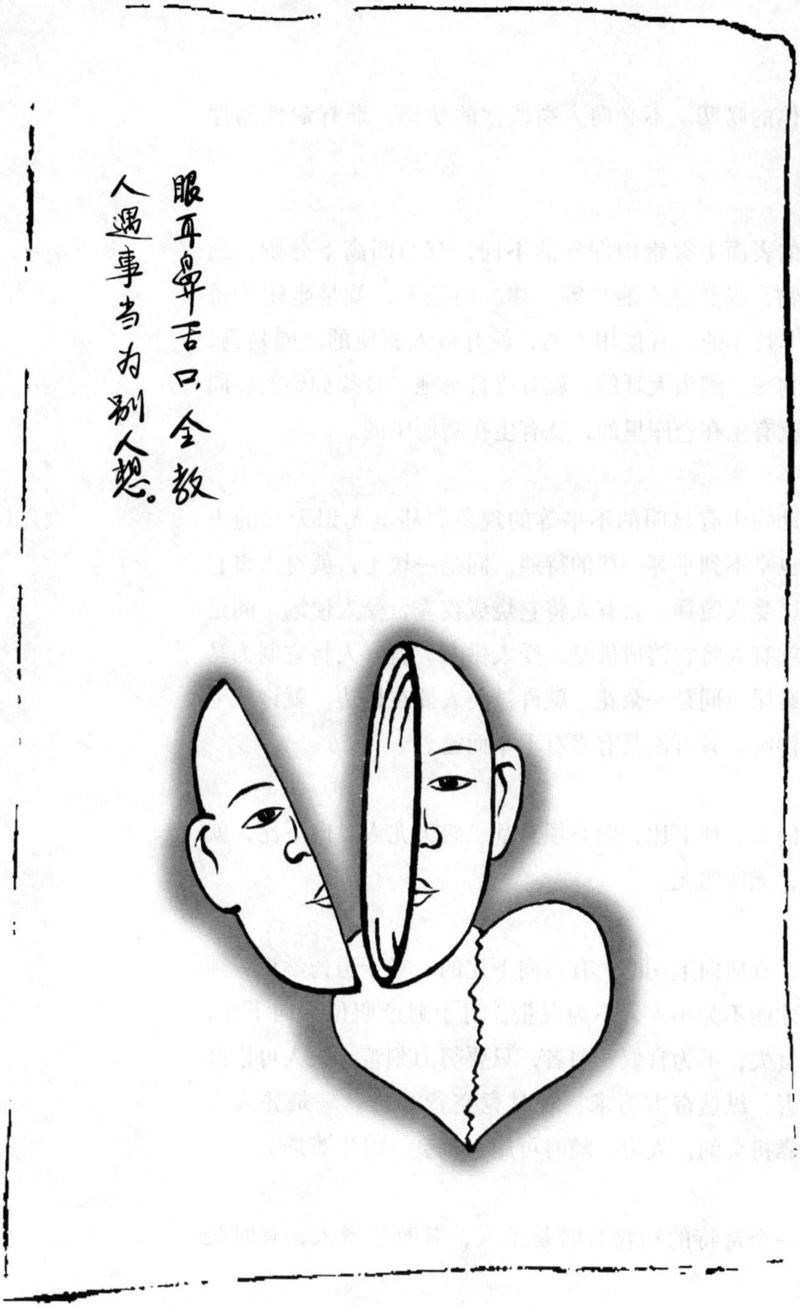
眼耳鼻舌口全教
人遇事当为别人想。

有闲心听你的唠叨。不必向人高谈你的功德，谁有耐性闻你的牛气。

地球的表面上有崇山深谷的不同，有凸凹高下分别。地球上的生物，当然也不能平等一律。同是人，就是坐轿抬轿的，有坐车拉车的。有使用人的，就有被人驱使的。同是狗，就有稳居狗窦，肥头大耳的，就有终日奔驰，骨瘦如柴的。同是老鼠，就有生在仓库里的，就有生在厕所中的。

不但动物中有显明的不平等的现象。甚至无识无知的土石草木，也享不到平等一律的待遇。同是一块土，就有人将它塑成神像，受人跪拜。就有人将它烧成夜壶，受人便溺。同是一条木，就有人将它铸成佛龛，受人供奉。就有人将它制为马桶，盛粪装屎。同是一朵花，就许被美人插在鬓边。就许被毛驴，饱了馋吻。只可说是有幸有不幸而已。

天下的事，往上比，则心烦意乱，怨天尤人。向下比，就心安意定，无所怨尤。

为人，有应向上比的，有当向下比的。对于道德学识，须向上比，才能不为小人，不为混蛋。对于财产职位须向下比，才能不为贪夫，不为官奴。前者，只要努力刻苦，人人可以办得到。后者，纵然奋力追求，有时竟空费心机。一是凭人力的，一是靠机会的。人力，随时可施。机会，终生难遇。

人是一个奇特的动物有时是圣人，有时是贤人，有时是君子，有时是主人。可是常常做了小人。

宝剑不能使怯懦之夫化为勇敢之士。名笔不能使涂鸦孺子变成书法大家。

你若将你自己认做非凡出众的人物，你一生也不过是群众里的一个凡人。

磨盘不论运转的迟速，全不离磨心。人的思想言行，无论如何转变，也当不离良心。磨离磨心，不能工作。人离良心，不配为人。

吃苦是人类进化的动机，是种种事业和根本。道德因吃苦而成立。天良因吃苦而保存。学生不能吃苦，必成流氓，农工不能吃苦，必成土匪。军人不能吃苦，几成盗寇。妇女不能吃苦，必成下流。官吏不能吃苦，几成民贼。

不要羡恨富人，他们的钱，若不是用正道得来的，他的子孙就能给他"散"。不必羡恨贵人，他们的权，若不是用正道得来的，他的妻女就能给他"现"。这并非迷信之谈，正是循环之理。

行善的人，家有坏子孙，也能变好人。为恶的人，家有好子孙，也能变坏了。这是感应之理，也是必然之道。

我最重视古人。我极轻蔑今人。古人的功罪已定，不必再骂他们。今人的是非难断，不必瞎捧他们。

古人所说的“信天命”与“畏天命”，不是信畏虚空的上天，是信畏万古不变的“自然之量”。果能本着自然之理行事，不必跪拜玉皇大帝，也不必祷告天主耶稣。

真聪明的人，不致失败。真糊涂的人，也不致失败。失败的人，全是些混蛋而认为聪明的人。我中华的危乱，全是由这第三种人招起来的。

能克己，才能克人。能自胜，才能胜人。自已是自已最大的仇敌，你若不能先将它克服了，征胜了。你永久要受它的驱使，永远没有安闲宁静的时候。自已也就是一个我字。大圣大贤，全是些能先在自已身上作工夫，首先能打倒我字的。千古的小人，便是些我字的奴隶，全是些我字的牺牲。

人怨恨人，多是真的。人敬爱人，多是假的。所以人怨恨人的时候多，敬爱人的时候少。

至大而可变易之理，为天理。至明而不能掩闭之心，为良心。

镜明，才可心照物。心明，才可以察理。欲得镜的效用，不可不常常拂去上面的灰尘。愿求心的效用，不可不时时消除其中的欲念。

镜虽明，若旋转不停，照物必不能清晰。心虽明，若妄用不休，察理必不能精确。所以，镜须定心须静。

人生是什么。人生就是妄想。一知人事，就是妄想的发端。一断气息，才是妄想的完结。所谓妄想者，包括一切不心存的希望与不必费的思索。人能少存妄想，就能多安乐而少忧愁。

军阀因妄想，而抢夺地盘，而苦害人民。大员因妄想，而贪赃枉法，而剥削百姓。土豪劣绅因妄想，而欺孤侮寡，而鱼肉乡里。学者因妄想，而创造主义，而牺牲青年。妄想既是不合理的，所以他们纵能将妄想做成事实，达到一时欲望，然而也不过是昙花一现转眼就完。不但苦了自己，并且害了别人。

人的两眼生在上边，所以惯向上看。人的两眼生在前面，所以不惯向后瞧。人的学问或位置高了，若肯向下看，决不致栽筋斗。若肯回头看，决不致遭失败。

人，坏得连自己也不知道，那还不是真坏。坏得连自己也知道，而偏不肯向好里转，那才是真坏呢。

人，要与人同与善人同。人，要与人殊与恶人殊。

善用欺骗之术而行成功的人，也必因屡用欺骗之术而遭失败。这就是古语所说的“善骑者坠，善游者溺”。某军阀所以屡仆，不能成事的原因，就是他屡以为他所施的骗术，别人全看不出来。

真聪明的人，不敢骗人。真糊涂的人，不会骗人。骗人的人，全是些“自以为聪明”的人。古今中外那些生前受人骂诅，死后受人讥骂的人，全是这种自以为聪明的人。

《左传》上说“失信不立”。人所以得存立于人群，就是一个信字。信字是用人言二字合成的。言若不是发于天良，纵然悦耳动听，也不过等于禽言兽语。其中既然没有人的成分，当然不能存立于人的社会。

《说苑》上说“巧伪不如拙诚”实在是一句处世最好的良言。因为伪字是人为二字结合的。纵然用尽心机，想尽巧妙的人为方法，终抵不过以逸待劳的拙诚。正如一块玉石，经能工巧匠雕成一件美术晶，终不如一块天然的璞玉耐久延年。

自爱二字，不是爱数十年必死的肉身，是爱千万年不死的令名。

钱财是人生羁绊。人若被钱财捆住了，一生不能脱出它的势力范围，一生也要受它的驱使。若将它看轻了，只求足用，不求其多，无功不可成。古今中外的圣贤豪杰中，只有许多好色的，决无半个贪财的。

财与色是人生两个最难过的关口，是人生最难破的阵线。能不被这关口与阵线阻挡的人，才可称得起超凡入圣的人。

我的老友张君说：“人生四惑（酒、色、财、气）的次序，是一个比一个严重普遍，并不是一个比一个轻微狭隘。”他这话极不道理。因为酒，有不饮的。色与财则比酒有引诱性，然而也有不贪不好的。唯有“气”是人人当犯的。并且“气”能伤人的身体，促人的寿命，较酒、色格外容易。

贪应贪之财，不为贪财。好应好之色，不为好色。应贪之财就是薪俸与利息。对这两项，丝毫不必谦让。应好之色就是自己的妻妾，除这两人，无论如何不可妄动。

古人称蓄钱的瓦器为“扑满”，是极有意思的。因为这种东西有人无出，积而不散，到了盈满的程度，也不能取出分文。所以必须将它扑打碎了，才可能将它的存储发现出来。人若只知存储而不知分散，也必要发生破碎的危险。不但钱是忌盈戒满。一切声名权势，也当以盈满二字为戒。

我半生没有做过阔事。当初最好的时候，每月收入不出二百五十元。最坏的日子，每月分文没有。并且是一天打鱼九天晒网。以人社会二十年合计，每月收入不过三十余元。可是我的生活程度，虽月人百元的也不敢同我相比。有人见我不知储蓄，对我说：“你上无父兄，下无子嗣，如此生活，将来如何归宿。”我说：“你计得太远了。中国将来还不知归何结局，我不过一个小民，何必作久远的计划，我留下盈余孝敬谁?”

朋友又问：“将来假若你有了儿子，也当为他留下生活费。”我说：“世界所以扰乱，就是因为对子孙的心念太重了。有一些人，不但为子孙，不顾一切，拼命搂钱。甚至连重孙子媳妇，将来用的马，全要预备好了，岂不是糊涂么。我的先父，没有给我留下生活费，所以我才得苦活至今。假若留下生活费，恐怕我早就乐死了。”

朋友又问：“你可以不为子孙谋，然而也当为自己谋。你若不存下几个钱，死了谁埋葬你?”我说：“我若死了，没钱棺殓，自有公安局与卫生局拿出款来，替我办丧事。岂不是还落一个‘国葬’么?”朋友大笑着说：“你一个小民，有何功德，配消耗国家的钱呢?”我说：“自民国以来，得享国葬的‘要人’，全是有功于国，有德于民的人么?”

专会讨老婆孩子喜欢的人，固然是好丈夫好父亲。然而决成不了大业，享不了大名。我读中外大圣大贤英雄豪杰的传记，才知道他们多是些享不到家庭快乐的人。因为人心不能二用。若专对一个私而小的范围内耗费精神，对于公而大的社会与邦国中，就不易有伟大的成绩。

人夸奖你，你不必快活。你若一起快活的感想，就如同别人砌了一堵墙，将你圈起来，你再不能有进步的可能。人讥笑你，你不必忧烦。你若一起忧烦的念头，就仿佛别人掘了一眼井，将你推下去，你更不易有出头的希望。

恭维的话，是愚夫愚妇的麻醉药。诽谤之言，是英雄志士的再造丸。

遇着恭维之言，先要自想配受不配受，听了诽谤之辞，先要自问应得不应得。自己是自己的天平，自己是自己的明镜，自己的轻重与美丑，自己当明知确断。

人若能时时扪心自问，反躬自思，就能不因外人的谀言而喜，也能不因外人的谤语而惧。

人所以好多言，全是起于自以学识道德高于别人。殊不知这种行为最容易显示自己的浅陋。

在你高谈阔论的当儿，大众若对你静默无声，不加反驳，你最好是立刻止住谈锋，强闭尊口。要知这未必就是对你心服口服的表示。

在你高谈阔论的时候，若有人对你提出抗议，你不必以为他是你的仇敌。你正当引他为你的同志。因为他若是一个深沉的人，他决不肯打断你的话头，他反要听你到底要说些什么。

与人谈话，你若愿讨他的喜欢，最好是用他的事务作资料。你若愿招他的憎恶，只有以你的事务作题目。因为人找你谈话，不是要卖弄他的学识，便是要向你求指教，决不是要为你作传记。你何必将你的详详细细向人说。谁有闲心耐性听你自颂功德。

无知的妇女向丈夫说话，爱加小注，好绕大弯。这种不肯简捷、直爽的说话方法，实在令人厌恶。然而，丈夫是为避免吵闹起见，不敢不听。所以只好用十二分的耐性，听她从头至尾，远征博引地说个详细。至于男子说话，总当直直爽爽，千干脆脆，三言二语立刻说完，千万不可“拉丝剥茧”。

男人说话，最忌附加小注。冗长拉扯的言语，最易使听者厌倦心烦。耗费的光阴，更觉可惜。

有些人说话，不知求要，只知求详。甚至一件小事，也必掰开揉碎，从根到底说个不休。譬如你问他：“你到上海去了一次么，何时回来的?”他决不简捷地说出来。他反要将他到上海的原因，临行以前的预备，何时雇汽车到车站，几点几分开车。买的是几等票，车中乘客多寡，男有多少，女有若干，男客的老少，女客的美丑，沿路有几个车站，车中的座位宽窄，以及车中的温度如何，全要预先说个彻底。说了半天，也不过是一去的情形。至于到上海，以及回来的情形，还未说到十分之一。你若任他说完，恐怕一天也没有了结。这种的说话方法，详细固然详细，但是详细得无用。

人的寿命是短促的，光阴是宝贵的。寿命既是由光阴积合而成，那么，浪费光阴就是轻视寿命。古今中外的伟人，有不爱惜金钱的，然而绝没有浪费光阴的。

与其出去同人闲谈，不如在家闭户自修。谈论国事既干禁令，谈论天气更觉无聊。国事是要人所包办的，谈论起来了不过是白费唾沫。天气是随时转变的，谈论许久，也不过空耗精神。与其谈说许久，讨论半天，还是以没有办法作一个归结，何如收心养气，听天由命，先对自己的本分上用功夫。

后汉仲长统说："天下士，有三可贱。慕而不知实，一可贱。不敢正是非于富贵，二可贱。和盛背衰，三可贱。"这三可贱中，若犯了一样，纵然高居显职，也是一个贱人。

怕死怕穷的人，永远立不成高超的人格，永远创不出伟大的勋业。看一看古今中外那些流芳万代的伟人，有一个怕死怕穷的没有？

有一时之死，有万古之死；有一时之生，有万古之生。英雄豪杰，因不怕一时之死，所以得到万古之生。匹夫匹妇，因恋一时之生，所以得到万古之死。

魏禧说："古人教人做好人，只十四字，简妙直切，曰'君子落得为君子，小人枉费做小人'。"在太平之日，这是至理名言。处危亡之时，这更是金科玉律。现今我中国人，若将这十四个字，视为稀松平常，我国的前途，更不堪问了。

死后的荣誉，是由生前的困厄所培起来的。死后的骂名，是由生前的快意所养起来的。

《下学堂札记》上说："千虚不能敌一实，千邪不能敌一正。"你只要实只要正，纵然全国的小人对你下攻击令，我管保，你也必得到最后的胜利。

人有老少，物有新旧。老少互助，新旧并存，才是人生最好的办法。人既不能长少，物既不能长少，物既不能长新，就不当专视少的新的，而独对老的旧的，加以排斥轻视。

我中国向来主张敬老，怀幼。这正是最好的美德。人之一生，谁也不能免这两个时期，在老年需要人的扶助，正如在幼年需要人的照管。老迈时，无人加以诚恳的扶助，必不能昨到安闲。幼小时，无人加以慈爱的照管，必容易趋于堕落。若讲人道主义，须先对于老幼这两项人，施行亲切的爱护。

牛犊是老牛生的，马驹是老马产的。若无老牛，牛犊从何处而来？若无老马，马驹从何处而至？人既不能因牛犊马驹活泼可爱，而打倒老牛老马。那么，稍有思想的人，也不能因为青年人强健多力，而责骂老年人无能。

古谚说："若要好，问三老。"俗语说："家有老，是个宝。"所以应向老人求教，应对老人尊重，是因为老年人，阅世日久，富有经验。服从他们的指导，才能走人人生的正轨。

古老的，何尝未经过新奇的阶段。新奇的，将来也必有达到古老的时期。老太婆也曾是个大姑娘，老头儿也曾是个小伙子。假若专知大姑娘与小伙子。那么，当将老太婆与老头子置之何地？我中国因为敬老遵古，所以才能少长相安，新旧并存。假若反其道而行，改为轻老蔑古，不但人类活着没有希望，就是器物留存也失了价值。

欲养自己的势力，必须吸引信徒。势力的大小，全以信徒的多寡为决断。世上是老年人少，青年人多。老年人多有阅历，不易诱惑。青年人少有经验，易受麻醉。老年人判断力强，自信力坚，决不肯空空为人牺牲。青年人判断力弱，浓度欲深，最容易白白替人卖命。野心的学者看出这种特点，所以专对青年人大灌米汤，大送秋波，大献狐媚，大拍马屁。青年人经此一捧，遂进入了他们的圈套，甘为傀儡，而不觉悟；甘不觉悟；甘做徒孙，而不自知。

勤若能助长人的安乐。奢侈必毁坏人的品格。我的先父说："乡里有一个肉铺，如同有一个贼窝。"这话含着许多的深意。

英国沃尔顿说："人若失去天良，一身再无可存之物矣。"我以为，个人纵然威加海内，富有天下，若是不由天良而得，也是得不偿失。因为自己什么都有了，只是自己把自己这个人味丢了。

英文格言说"好的天良，就是好的靠枕"。又说"有天良，就有尊严"。又说"天良不愧，闻雷不畏"。又说"一个天良等于千个证人"。又说"天良时时开庭，罪犯就是自己"。人若不问天良，固然可以占一时的便宜，可是不能避免天良那长久的谴责。外来的指骂，可以充耳不闻。内生的拷问，实在无法逃免。

假若真有上帝神佛，我以为，天良就是上帝神佛所派常驻人心中的代表。它不但是你的顾问，也是你的卫兵。你若听它的忠告，它就能使你心安意闲，无所畏惧。你若违逆它的指导，它就能使你心烦意乱，肉跳心惊。

本着天良说话，言简而意明。背逆天良发言，话多而无序。

顺着天良的话，如同蒙尘的明珠，终不能掩住光辉。背逆天良之言，仿佛金漆的马桶，到底要泄出臭气。

一个人说话作文行事，只要合乎自己的天良，也必能激动别人的天良，因为天良是人类所共有的。并且天良具有一种奇妙的吸引力，你能发露你的天良，别人的天良也能随之感应。凡不起感应的人，他的天良必是因被私欲所蔽而失了作用。

依着自己天良所说的话，所做的文，不但在当时有感应，甚至千秋万世之后，仍必有同等的效力。诸葛亮死去已经一千七百多年，他的尸骨早已化为灰烬，可是他那《出师表》，仍能使现在的人读起来落泪。因为他的那篇文章，是由他的天良发出来的。在民国这二十余年中，许多要人的演讲与通电，非不刻章琢句，典雅堂皇。然而老百姓听完读罢，毫无所动于衷。这全是因为他们那些好话，全不是本着天良而发。并且他们那损人利己的行为，早已在老百姓的心里留下了底案。

据《韩诗外传》里记载，当初楚国熊渠子，夜晚行路，见着一块石头，错认为虎，逐弯弓发箭射了去。及至临近一看，才知是一块大石，可是箭头已经射人石内，几乎没了箭杆。可见人的行为，若发于至诚，石头全可分裂。据《列子》里说，在海边曾有一人，喜与海鸥相亲，每日有成百的海鸥同他游玩。有一天，他听了他父亲的吩咐，要捉住一只。及至他又到海边，海鸥全都远走高飞，不敢同他接近了。这并非海鸥有未到先知之能，乃是他先存下了机诈的心，纵有和善的面容，也不能遮掩他的欺诈。赵氏《孟子章句》上说："至诚则动金石，不诚则鸟兽不可亲狎。"可见人若以巧诈之术团结人心，正是"心劳日拙"。

人欲是天良的大敌，这两样决不能相存并立。天良战胜了人欲，就能成圣成贤，就能成仁取义。人欲战胜了天良，就能为盗为奸，就能祸国殃民。

天良是人人所全有的，是与生俱来的，只要人类不死尽亡绝，天良必永不消灭。人欲是习染而成的，是一时侵入的，只要一加猛醒，人欲就立刻瓦解冰消。人若想到万年不死的美名，就当爱护固有的天良。人若想满足几十年必死的肉身，就可以追求习染的人欲。

天良是原有的，人欲是后起的。天良是主，人欲是宾。只要是一个人，决不能不起人欲。不过君子的人欲，随起随消，不容它喧宾夺主，生根长叶。小人的人欲，一经发现，就反客为主，继长增高。

盗贼娼妓，也知道尊重忠臣孝子烈女节妇。在中外历史和笔记小说里，这种成例说了不知多少。这就是古今中外，人人都有天良的证据。人之为非卖淫，乃是因为一时受了人欲的蒙蔽，或受了人力的威逼。他们的天良，遇着时机终有发现的时候。因为天良如同日月，人欲如同云雾，云雾无论如何浓厚，决不能长久遮掩日月的光明。

人欲，是有习惯性的。人只要一次被人欲战胜了，就渐渐地成了人欲的奴隶。譬如男子第一次为盗，女子第一次卖淫，必定感觉面皮发热。面皮所以发热，就是因心血上冲。心血所以上冲，就是因天良在心里起了抗拒的作用。及至为盗日久，卖淫日多，就视为固然，并不起什么愧耻的感觉。这就是因为人欲在胸中加以梗阻，使天良不能发生冲动了。然而，盗贼决不愿终生为盗，娼妇决不愿永久为娼，这就是天良不能消灭的缘故。

秦桧谋杀岳穆，朱棣屠戮方孝孺，以秦桧与朱棣的行为而言，固然是狠毒已极，可是若问他们的天良，他们何尝不尊重他们所害的人的人格。秦朱二人，以后屡屡设法掩盖自己的恶行，也就是因为天良又在他们心里复活，向他们痛施攻击。

假若人类是上帝造的，我们不能不钦佩他的手术精巧，因为他能给人类，装入天良这个奇妙的东西，不但能做人的良师益友，更可做人的侦探法制。天良能动人为善拒恶，天良也能发露人的罪过。人若听从它的忠告，就能勇气充足，无所畏惧。人若违反他的忠告，就必忐忑不安，疑鬼疑神。古今中外的罪犯，所以虽逃出法网，并不是因为官方侦探之术高明，而是因为他们的天良能替他们泄底。

俄国皇后凯瑟琳娜二世谋害她的丈夫和太子伊万之后，屡屡见他们两人鬼魂向她苦笑。世间究竟有无鬼魂，还未经科学家的证明。我也未曾见过，不敢妄断。可是我敢断定凯瑟琳娜二世是受了天良的谴责，就以为冤魂向她索命。猫吃了老鼠，鹰害野兔，绝不起鼠鬼兔魂向它们要求抵偿的感想，因为禽兽是没有天良的东西。人若为恶害人，而不起天良的反应，也就是与禽兽同类。

俗语说贼人胆虚，胆所以虚，是因为贼人先受了天良的打击。俗语说理直气壮，因为天良就是以直正为是的。人只要理直，天良就在心中助威。

讲天良，是由自己做起的，所以容易施行，并且决不费力，决不吃亏。只要自己以天良待人，人也必以天良相待。古语说至诚感人，至诚也就是天。天无不诚，不讲天良无不伪。至诚可以通天地之秘，至诚可以开金石之坚。用天良感化人，终能得到人的同情。甚至，本着天良责骂人，也不能招起人的怨恨。

讲天良是顺应自然，不讲天良是庸人自扰。讲天良才能“老吾老，以及人之老。幼吾幼，以及人之幼”。才能“爱己之国，以及人之国”，才能“不独为自己谋，也肯替别人想”，才能“护真理，拒邪说”，才能“说实话，办实事”。天良，是天赋予人类的无价之宝。人所以得称万物之灵的原因也是在这一点上。欲谋人类的安和，除了发展天良之外，再无旁的方法。

人，一味的责人，无处不是荆天棘地。人，一味的责己，无处不是舜日尧天。人生的进步与成功，全是由责己而生。人生的退化与失败，全是因责人而起。

人生种种烦恼，多是因善于恕己而不肯恕人。恕己，无时不觉受了愁云惨雾的笼罩。恕人，无时不受了光风霁月的吹拂。现今，要人的斗争，青年的烦闷，全是由恕己、责人而起。要人是因为受了小人的恭维，青年是因为受了种种邪说的愚惑。大有作为的要人与大有后望的青年，全然被恕己、责人四个字毁了。

人，若想求快乐，只有责己，人，若想寻烦恼，只有责人。换一句话说，人，若向自己吹毛求疵，人品必高，学识必日进。若向别人吹毛求疵，人品必日低，学识必日退。你若愿判断一个人前途的命运，不必求签问卜，不必推命看相，只留心他是惯于责己，或是惯于责人。

我在前几年，因为惯于责人，所以时时错将自己认为好人，时时妄将别人当作坏蛋。不但因此生了满肚子肝气病，并且得罪了许多至亲厚友。近几年，我忽然起了悔意，知道我这种恶习，实在是等于操刀自杀。于是乎，反其道而行。行了不久，不但肝气日渐减轻，亲友对我，也日渐亲密。我才明白，我若先以横眉怒待人，人也决不肯以和颜悦色对我。我若先以和颜悦色对人，人也不忍横眉怒目相待。愿生快乐，原是先由自己生。愿起烦恼，也是先由自己起。责已，天下无烦恼。责人，天下无快乐。

我现今日以作稿为生，而作稿又日以“责人”为事。我每次作完一稿，就觉脸红耳赤。我以为这种职业，足可以引我进了一个“长于责人，而短于自修”的绝路。并且，我时时起了一个万目所视，万手所指的恐惧。只怕偶尔行为失检，辱污了新闻记者神圣的命名。新闻记者，既以指导社会的人物自居，且以民众的喉舌自任。若言与行远。我岂不是等于捕盗的人做贼，岂不是如同劝节的人卖淫。我想到这里，只觉汗流浃背，心惊胆落。

烧香礼拜，静默鞠躬，是虚礼。守道施德，确行遗教是实功。虚礼多一件，实功少一件。虚礼少行无碍。实功须求其多。假若内无诚心，外行虚礼，不但是欺神骗鬼，简直是将自己认作毫无思想的行尸走肉。

子孙若不知要强，徒知日日拜祀祖先，并不能光宗耀祖。子孙若不能克绳祖武，纵能时时修理坟茔，也不能富贵荣华。子孙的命运，全是子孙自己造的，与死去的祖先毫不相干。只知日日拜祀祖先，反倒误了良好的光阴。只知时时修理坟茔，且必耗去有用的钱财。祖先，并非不当祭。坟茔，并非不可修。只是当祭时必祭，当修时则修。仅仅祭祖修坟，并不算对祖先尽了当子孙的义务。只要立志行些好事，不给祖先丢丑、招骂，就算对得起祖宗。假若子孙是秦桧那样的坏蛋，纵然天天祭祖，日日修坟，也不过是只能使祖先在九泉之下，捶胸跺脚。

人，应当有节，如同树必须有皮。皮，保护树的生存。节，维持人的尊严。人失了节，正如树掉了皮。我以为，所谓失节者，不只是通敌卖国，不只是被人奸淫。凡行一种举动，若勉追随别人，而并不是出于自己的本心，也可以失节论。譬如，别人诵经礼拜静默鞠躬，你也就装模作样附和雷同，而并不审查是非，并不自问是否合乎你的天良，你也就是失节。人，对于小事，若有假装疯魔，对于大事，当然肯倒行逆施。

大丈夫的行动，只以自己的天良为法则，决不以众人的行动为标准。性命可以牺牲，天良决不肯断送。勉强随和众人，就是出卖自己的知良。人若先肯出卖天良，身家妻女，无不可卖。至于出卖国土，出卖民族，不过是附带的条件。

不与众人相同，不是自甘退缩，勉强随和众人，不是努力前趋。我常说："大丈夫须敢在众人之中落伍，须敢在圣贤之后争前。怕追不上众人，是无耻。怕追不上圣贤，是无志。"

众人的举动，是一时的变态。圣贤的举动，是千古的成规。众人的举动，只是反常。圣贤的举动，只是顺理。学众人，必须装模作样，扭扭捏捏。学圣贤，只是安常守份，坦坦然然。并且，学众人，是学人。学圣贤，是修己。学人，是不敢违逆别人的行动。修己，是不敢违逆自己的天良。

所以圣贤者，并非得天独厚，也非三头六臂，也非能一餐斗米，也非能饮露吸风。圣贤所以与众不同之处，也不过是戒慎恐惧，事事务求顺合自己的天良。尧舜能不失天良而成圣贤。人只要对天良加意保守，舜并非不可学。

卡莱尔说：“人生最大的职务，不是应做远而不明白的，是当做近而清楚的。”可惜人的习性，多是对远而不明白的事，大耗精神，对近而清楚的事，偏不注意。这种舍近求远的毛病，耽误了许多应尽的本分，耽误了许多当前的要务。譬如有些人不敬活着的父母，而偏拜渺茫的神佛；不施行眼前的要政，而偏筹划未来的建设，这全是远近错乱，轻重颠倒的恶例。

心中若没有神佛，不必到庙里找神佛。心中若没有上帝，不必到礼拜堂去拜上帝。上帝与神佛是无所不在的。你只要将心打扫清洁了，你的心就是上帝或神佛的宝殿。我给某居士，写了四字“心即是佛”。我以为，他若时时刻刻将这句话，记在心里，不但与他自己有益，且能使别人沾光。

天下事，误于因循畏缩的人，固然不少。但是败于鲁莽浮躁的人，实在太多。只有谨慎沉稳的人，才能走进成功的路途。

圣经贤传，化人最难。淫词浪语，惑人甚易。然而稍有天良的人，绝不能因淫声浪语受人欢迎，而废弃圣经贤传。讲道德说仁义，必被人认为顽固迂腐。讲解放说自由，必被人捧为时代前锋。然而稍有天良的人，绝不能因为解放自由可以笼络人心，而蔑视仁义道德。

真知自爱的人，对于一时的荣辱，可以不计，对于千载的是非在所必争。若自甘随众摇旗呐喊，就是情愿与草木同朽。

我的朋友某君说：“天下虽乱，我们胸中，不可再乱。天下虽然无定，我们胸中，必须有定。”

因私怕得罪人，是好人。因私不怕得罪人，是恶人。因公怕得罪人，是懦夫。因公不怕得罪人，是豪杰。

为公要胆大，为私要胆小。为公若胆小，必至无所能为。为私若胆大，必至无所不为。

大丈夫不怕身死，只怕名辱。不怕掉头，只怕失节。不怕子断孙绝，只怕沾宗污祖。

“环境”只能影响匹夫小人，不能更变英雄豪杰。有志之士，要使环境适应自己，不可使自己适应环境。

人生最苦是有书无暇读，有钱不会用，有子不敢教。

愈是人浮于事的时候，愈闲不住真有本领的人才。愈是货压街头的日子，愈剩不下品质精良的货物。

果有真才，不愁没有识主。果有好货，不愁没有销路。旧学虽不时兴，旧学真有根底的，各处还是抢着任用。古玩虽不摩登，古玩真有特色的，各处还是抢着收存。人谋位置，货求买主，其实，位置何尝不寻找人才，买主何尝不寻找货物。

北平的医生，据说有三千余名。可是其中有几个医生，终日车临门，应接不暇，对求诊的人，推也推不了去。有二千多医生，终日门可罗雀，独坐无聊，对有病的人，请也请不进来。可见，愈是那一行的人多，真有高超本领的人，愈能大走旺运。

平凡的人，只为人多事少发愁。有志之士，独为才能不足焦虑。

庸医不多，不能显名医，凡才不多，不能显奇才。

不必骂环境不良，先要问你自己良不良。不必骂人不肯用，先要问你自己是否真有被人聘用的本领。不必骂“社会组织不良”，先要问你自己是不是社会中的一个良好分子。

青年人好奇，是因为阅历少。老年人不好奇，是因为经验多。

四十岁，是“开倒车”的时期。你若不信，你到了这个年龄，你就知道你的思想是要“向后转”。

为恶如同欠款。你借钱之后纵然能忘了，可是借给你钱的人总能记得住。你为恶之后纵然能放在脑后，然而受你害的人必能存在心里。

抓住了时代，不如保住天良。若失去了天良，纵然抓住了时代，也是时代中的败类。

无知之辈，信假不信真，信虚不信实，信一时的浮说，不信永久的定理。

人，立身不可有色彩，求学不可有臭味。人派人系左倾右倾，是失了自立性。大丈夫当超然自处，中立不倚。大丈夫要做松柏，不做藤萝。

人是能直立的动物，禽兽虫鱼决无这种天赋的特能。猿虽然像人，但是立起来也不能直，纵然能直一时，也绝不能支持许久，所以猿终不能脱出兽的范围。人若将自己当人看，就当挺然直立，决不可左倾右倾。

德国俗谚说：“捕野兔，用猎犬。捕愚人，用谀言。捕妇女，用金钱。”据我所知，猎犬未必准能捕住狡兔，金钱决不能引动贞妇，唯独谀言，不但能迷惑愚人，甚至极聪明的人，一听人奉承一二句，也必骨软筋麻，在不知不觉之间就入了人的圈套。

走运时，不可趾高气扬，以免惹人怨恨，穷困时，不必愁眉苦脸，以免招人嫌恶。

行得通，是大道。分得清，是正理。

人生是苦，不是安乐。不但人是如此，一切活物无不如此。现今许多的青年男女，因为受了邪说的欺骗，以为生成一个人，就当享幸福，以为受了几年教育，就当有位置，这全是极端的错误。苏俄的情形，据宣传固然仿佛是人世的天堂，其实，不劳力不劳心的人，还是没有生活的门路。

人的一生，真仿佛是一个梦境。自己对于梦中的情形与种种稀奇古怪的穿插，一毫也竟不能自主，只有顺着梦境做下去，做到哪里是哪里，着急是无用，欢喜也是白费，一醒全完。人生，一切的遭遇与种种悲欢离合的故事，又何尝准能由着人的心意发生？只好顺着天良活下去，活到哪里是哪里。着急，急不了三万六千日；欢喜，也喜不了一千二百个月。一死全了。

你果有高人一筹的本领，你就不必为久居人下着急。你做的工若比别人好，你占的位置必比别人长。你卖的货若比别人高，你的主顾必比别人多。不必怕别人打倒你，只怕你自己站不牢。

人生最大的，是超然自主；人生最大的羞耻，是随声附和。在圣贤豪杰中，绝寻不着半个随声附和之辈。在凡夫俗子里，绝找不出半个超然自主的人。

你生活一世，若不愿与草木同朽，你必须养成一个不受人牵动的坚心，练就一身不随人转移的硬骨。

不敢与众人异，就必与众人同。与众人同，就是一个凡人。敢与众人异，就必不与众人同。不与众人同，就是一个超人。

在群众抢先的时候，你须要退后。在群众竞争的时候，你须要谦静。在群众呐喊的时候，你须要沉默。因为群众是一个极无价值的名词，是没有脑筋的集团，是被大骗子所玩弄的傀儡。你若以群众的思想行动为标准，你就要化为群众中的一个，而失了独立性。你若将自己看重了，你须敢跳出于群众的圈子之外。这样，你不但可以不受群众的连累，你还可以使群众受你的引动。

是就是善，非就是恶，是就是正，非就是邪。人能分辨善恶正邪，就是有是非之心。人不能分辨善恶正邪，就是无是非之心。无是非之心，也就是没有天良，也就是失去了做人的资格，简直是对不住人字的名称。

你的言行，只要本乎天良，就合乎真理。只要合乎真理，就能打动人的天良。凡不能被你所感应的，他的天良必是一时受了蒙蔽。然而你不要着急，因为他只要是一个人，他的天良终有发现的时候。

不要怕不合别人的心意，先要怕有愧于自己的天良。不要怕别人跟你作对，先要怕你的天良向你谴责。你若这样支持下去，别人的心意，也必能慢慢地对你表示同情。跟你作对的人，也必慢慢地成了你的同志。

儿女，惯认父母为专制。媳妇，惯认婆婆为严苛。仆役，惯认主人为凶暴。店伙，惯认店东为刻薄。青年人，惯认老年人为顽固。劳力者，惯认劳心者为闲逸。农工，惯认士商为安乐。

在上者，疑在下者的少，在下者，怨在上者的多。注意者，关系失意者的少，失意者，恨注意者的多。用“挑拨”的方法，使在上者或得意者，对在下者或失意者发生恶感，八九不能成功。用“挑拨”的方法，使在下者或失意者，对在上者或得意者发生怨恨，自然进施百中。

天下，为儿女的多，为父母的少。为媳妇的多，为婆婆的少。为仆役的多，为主人的少。为店伙的多，为店东的少。总而言之，居人下的多，居人上的少。青年人多，老年人少。无产阶级多，有产阶级少。劳力者多，劳心者少。农工多，士商少。统而言之，不如意的人多，如意的人少。然而，这也不过是一时的现象。因为，儿女、媳妇、仆役、店伙，未尝没有为父母，为婆婆，为主人，为店东的希望。青年人、无产阶级、劳力者、农工，也未尝没有为老年人，为有产阶级，为劳心者，为士商的时候。人生是变动的，世事是循环的。居下，又何必怨。失意，又何必恨。然而，居人下的人和不如意的人，多不明此理。所以，大骗子们就利用这弱点，创出一些诱人惑世的邪说，将这种人下的人与不如意的人，玩弄于股掌之间。

在上者少，在下者多，如意者少，失意者多。这是天下不能避免的定则。居下，则怨。失意，则恨。这是古今难变的人之恒情。古往的圣贤，知道在上、在下，得意、失意不是一成不变的定理，所以创出“安分”与“认命”的学说，力加化解，以保家庭的安宁，以维社会的秩序。现在的大骗子，也知道这种情形，可是，为谋自己的权势，故意发明“竞争”与“奋斗”的主义，力加挑拨以毁家庭的和谐，以破社会的组织。结果，化解的方法，不易成功。而挑拨的手段，反大得其效。这就是大道正理，虽人人耳，邪说浪语，易迷人心。世道如此，焉能不乱？

按人的恒情，贱则想贵，穷则思富，劳则想逸，困则思通。满意的少，失望的多。能随遇而安的少，欲改造环境的多。低头苦干的少，妄求一逞的多。这固然是人类所有能进步的原因，也未尝不是人类所以遭失败的根由。然而，我以为守份尽职，才是成功的捷径，急躁侥幸，多是失败的绝路。任自己一时的躁妄，而遭了失败还不足为耻。受别人一时的引诱，而陷入死途，实在是可羞。前者，还有汉子气。后者，只是奴隶性。

大丈夫为改造环境，做贼也可，为盗也可，千万不可为大贼手下的小贼，千万不可为大盗手下的小盗。传骗人的主意也可，布惑世的学说也可，务必要为主动人，千万不可为被动者。

孟子说："待文王而后兴者，凡民也。"是说人贵自立，不贵因人。假若必得受了文王的教化，才能发奋做一个好人，也不过是一个凡庸的人。学好尚且以"自动"为贵，何况是学坏。那么，随大盗而起者，岂不是一个"凡盗"？

叔苴子说："狎兽者，乃欲掩兽者也。骗鸟者，必非罗鸟者也。"这个比喻，颇有哲理。现今青年人，全应当牢牢地记住，以免上当。要知，猎兽捕鸟者，全是对鸟兽假装亲近之辈。野心的学者或野心的作家，所有对你们大送秋波，大施媚眼，所以专讨着人们的心意而言，全是老虎戴数珠的现象。若被那慈眉善目，经声佛号而迷，必定变了虎口之肉。

人的一生，所以能显亲扬名，达到成功的地步，多是由于自己的奋勉。人的一生，所以辱名丧节，归于失败的结局，多是因为别的人诱惑。交友，投师，固然是人生所不能免的，但是，若交不到益友，不如不交，投不到良师，不如不投。不但交友投师是如此，读书阅报，也是如此。假若不查作者学术的邪正，而仅以作者的名声才艺为阅读的标准，在不知不觉之间，就能受了不良的影响，误了自己的前途。

读书阅报，比交友投师，还容易受感应被传染。交友投师，对师友的言行，还可以当面质问。读书阅读，只能听作者的一面之词，而无法分诘。因为交友投师，如同观戏，唱戏者的"唱"与"做"，必须一致，才能受人的欢迎。阅报读书，如同听留声机，唱得好坏，可以判断，至于唱戏者做派如何，则无从考查。阅报读书，只能听到作者的言，并不能见到作者的行。所以唱戏的无法骗人，而著书与办报者骗人则非常容易。

受人师友的诱惑而为非作歹，惹祸招灾，还可将罪过向师友身上推卸，别人也怨恨他的师友。受了书报的诱惑而行恶作乱，招灾惹祸，只有自己担承，著书与作报的人，还可以一边看热闹。从来不读书识字的愚人犯罪，多是因为受了狐朋狗友的牵累。现今读书识字的青年犯罪，多是因为受了邪书谣报的影响。

人生本是一件苦恼的事，详细一想，简直是一点滋味也没有。不但为自己想一想是苦多乐少，替别人想一想也是乐少苦多。我以为，只有一个求乐之法，就是竭力使别人减少痛苦。人类虽有种族之分，国籍之别，但是全人类都是息息相关，正如一个身体一部分若感觉痛苦，全身各部分也不能感觉舒服。

俗语说“为善最乐”。为善也就是使别人减少痛苦的方法。你若不以这话为然，你就可以亲自试验试验。你周济一个苦人之后，心中觉得如何。你打骂一个苦人之后，心中感觉怎样。这不过是一个浅显的比方，别的较大的好事坏事，也是如此。可是，别人快乐了，你也能快乐。别人烦恼了，你也生烦恼。这就是人类息息相关的凭证。

人类的真幸福，绝不是可以用“相杀相斗”的方法所能谋到的。这种拙劣恶狠的行为，只可行之于两翼之间。头向天脚踏地的万物之灵，万不可与鸷禽猛兽趋于一致。禽兽以残杀的恶行，谋自己的利益，是因为它们没有能自反、自责的天良。人既比禽兽多有一个天良，若欲谋人间的真幸福，也非由自反、自责人不可。

前天，我正作稿，忽然听到一阵唧唧的惨声，由窗外的榆树上发出来。我立刻跑出查看，才知是一个小家雀，被一只鹞子抓走了。我因此以生三段感想：第一，假若生物是上帝造的，上帝未免太不公平；第二，我悔不早一步出动；第三，我的住所既是租赁的，我不该种许多的树木。我不种树，当然招不了小鸟来。既无小鸟，这种惨事绝不致在我的眼前发生。我若早出一步，或能不给鹞子留下为恶的功夫。上帝在造物的起头，若详加考虑，绝不致有以杀生为生的鸷禽猛兽。可是，我又一想上帝之有无，还不得而知，何必将不是向他身上推。我不种树，小鸟若落在地上，也免不了被鹰鹞杀害的危险。我纵然出动早一步，我既不能飞，也救不了那小鸟的性命。追原祸始，还是怨那一只鹞子，残忍不仁。我又细一想，鸷禽猛兽，既生成勾嘴利齿不能以植物为食，当然必须吃肉。肉既不能像草那样由土里生出，鸷禽猛兽不得有以杀生维持自己的存活。并且，禽兽无分辨善恶之心，虽觉残暴不仁，但不能说他们是有意为恶。人本是能分别善恶的万物之灵，有时能说他们是有意为恶。人本是能分别善恶的万物之灵，有时比鸷禽猛兽所行的恶，还要恶狠万倍。若只知责骂禽兽，岂不是见小忘大，舍近求远。

鹞子若肯替家雀想，它必不忍贪一时之饱而害了家雀的一生之命。并且，家雀也有配偶，或有雏儿。伤了一命，毁了一窝，岂不是世间最残忍的事。但是，鹞子不是不肯替家雀想，它是不会替家雀或任何小鸟想。它所以不会，是因为它没有辨别是非的天良。假若它能有天良，我想它也能发现不忍之心。

鸷禽猛兽，杀生害命，维持自己的存活，虽然残暴不仁，可是弱小的禽兽，并不见绝根断种。第一，是因为有天然的限制，使鸷禽猛兽的种类不能特别繁衍。假若虎豹像麋鹿那样多，麋鹿早已绝了踪迹。假若鹰鹞像燕雀那样多，燕雀早已断了根苗。

第二，是因为鸷禽猛兽，只以当时果腹充肌为度，并不知为将来预备，并不想为子孙图谋。由这两点看来，造物之主，于不仁之中，还有一个极大的仁理。鸷禽猛兽，于残恶之内，还有一个不贪的美德。

人骂残暴恶狠的人为禽兽，实在是攀得太高。人骂乱伦无耻的人为禽兽，也是比得太重。禽兽虽残暴恶狠，它们并不能自知。禽兽虽乱伦无耻，它们也不能自晓。本着“无心为恶，虽恶不罚”的道理，禽兽本是无过无罪的。人既有辨别是非之能，偏要背逆天良，故意残暴狠毒乱伦无耻，岂不是有心为恶。以“有心为恶”的人类与“无心为恶”的禽兽相提并论，我实在是替禽兽不平，实在是替禽兽鸣冤。

人若不愿退处于禽兽之下，最好是善保这个唯人类所独有的天良。只要天良不失，永远不致专为自己想而不替别人想。永远不致专求自己如意而不管别人死活。自从邪说畅兴以来，人已不知为人想，国已不知为国想，足证是天良已经与人分了家，眼见人类就彼此相食了。可叹一班知识阶级，还以为这就是进化的现象。照这样向前进化，也不过是只能“进”为禽而无两翼，“化”为兽而少两足，简直是似禽而不够资格，像兽而不够程度。

你自己胸中的天良，若能战胜你胸中的人欲，你就能发现真正的快乐。真快乐也就是金钱所买不到的真幸福。你胸中的人欲若战胜了别人胸中的人欲，别人的人欲也必要向你图谋反攻，你纵能得着一些幸福，你胸中的天良，也必不容你安安稳稳的享受。人既向你反攻，你的天良又向你挑战，你就要发生金钱所解不了的真痛苦。

“有竞争，才有进化”这一句话，也有两个竞争的方向。一是在学术道德上，不肯落于人后。一是在权势利禄上，不肯容人占先。本着第一个方向走，上则可“进”为圣，中则可“化”为贤，不及也可以成为一个于已有利、于人无害的好人。本着第二个方向走，上则可“进”为民贼，中则可“化”为盗匪，不及，也必能变成一个徒具人形、徒以人言的禽兽。

戏赠摩登男女“缺德文”

两性遇合，是大问题，稍一不慎，祸患随之。恋爱如深井，跳入则易，爬出最难！男友性多不常，女友亦不可靠。自从社交公开，爱情已不坚固，男友多是“拆白”，女友惯施“打虎”！一则拐卖堪虞，一则卷逃可虑。女结男朋，应先照照镜子，男交女友，尤当摸摸钱囊！财产本易花光，容颜不能常保！金钱少，不能“吊”美人，年貌衰，无法系浪子！莫看卿卿我我，翻脸即变路人，莫羡雨雨云云，转身立成冰炭！公园“钻山洞”，既湿且潮，旅馆“开房间”，人多嘴杂。前者有碍卫生，后者易遭官事！纵或幸而苟免，难防报纸宣腾！即或秘密“交通”，当思隔墙有耳！设若粗心大意，一杯“冰激凌”即可丧命，倘再不加小心，半盏“果子露”亦可送终。跳舞场内，殊少淑女，电影院里，难觅情夫！校内结“恋人”，必遭师友窥查。家中会“性友”，定为父母不容。双恋殊不多见，单恋太不经济！三角恋爱，原非人道之常，四角同盟，更觉近于儿戏。一男被众女纠缠，乃鹿豕举动，一女为众男追逐，实野狗行为！金穴不足供女友之频刮，玉体尤不可为男儿之要物！禽兽尚顾传种，人类只为行淫！一则按期交尾，一则随便宣淫。密室中，尚可以颠鸾倒凤，大街上，实不当揽腕抱腰！休怪鄙人吹毛求疵，只恐摩登变本加厉！大街若可随意“自由”，百业势必登时停顿，工农商士，将奋勇争先，加入战团，军警官吏，定不容后我，弃其职守。通衢畅演“性的问题”，固成“禽兽乐园”，到处举行“妖精打架”，立变修罗地狱。今日无聊者，只怕野性难发，盛提打倒一切；古时有心人，唯恐人趋兽化，所以创出伦常。摩登女倘无夏姬武曌特长，应即乘时择人而嫁！摩登男纵有邓通嫪毐之特点，亦当赶紧择配为婚！年年昏昏沉沉，将来成何结果？时时游游荡荡，他日归何了局？走红运时，不肯蓬收舵转，处失败日，必致屁滚尿流！故非有结成秦晋之心，男女最好免除交际。倘存临进性质，何必造此孽因！假使性欲难熬，一咬牙，多饮冷水！设或不能制止，三跺脚，亦可收心！“女王明星”各有面首若干，癞蛤蟆休想天鹅肉！阔少齐桓，必有恋人无数，傻姑娘莫存奢望心！失恋本稀松平常，正好悬崖勒马！绝望应另打主意，何必短见自杀！要知天下多美妇人，只怕尔无财无势！当思世间多好男子，但凭你有貌有德！未定婚姻以前，务须用心考察，既成配偶之后，须当认命到头！此非陈腐邪说，是乃恋爱哲学。切莫再怀妄念，将第三者，存于胸中，尤当互相爱怜，休把局外人，放在眼里。纳小老婆，必坏夫之专诚，偷干汉子，有伤妻的贞操。世间公例，一阴一阳，人伦定则，一夫一妻，诱娶少女，须防你绿帽高悬！姘嫁小白，当虑他良心突变！离婚最属无情，分居大背人道。虽午官厅判决，试问汝心安否？若已生“恋爱结晶”，当合尽父母天职，不可只知有己，再言离婚！妻虽不美，较胜于单枕独眠。夫纵无能，终妙于空帏孤守！俗语说“息灯大瓦房”，王嫱与盐女之曲线美，本无差别！英谚云“灭烛猫尽灰”（When candles be out a1l cats be grey），吕布与武大郎之模特儿，大致相同！与其妄想佳肴，终难到口，何若勉啖鹿粝，先顾了饥。若肯模模糊糊，亦足以得安宁，即使挑挑拣拣，未必能准达目的！生存不过百年，性命有如朝露。缘何碌碌忙忙，争妍斗媚？为什扰扰攘攘，选瘦择肥！帝尧与巢由，同化灰尘！东施共西子，均成枯骨！枉耗尽热心血千升，只换得土馒头一个！贵贱安在！丑美奚存！幸勿苦中寻苦！亦莫圆里求圃摩登果能三复斯言，或可免无穷烦恼！

对于“采菲录”的我见

我对于妇女，向来没有研究，虽有时在报上，对她们妄吠几声，也不过是等于瞎子谈五色，愈谈愈糊涂，我只知她们的一根汗毛，也比男子的一条大腿有价值。一班男女们（我也在内），多是令人望之生厌，谈之可恨，他们只能捣乱，专会破坏，不想修己，专想修人，只能说大话，不肯向良心，天下本无事，他们偏要救国爱民，将全国救了一个七乱八糟，神嚎鬼哭。将小民爱了一个鸡犬不宁，野无青草！唯有妇女，多是性情温柔，存心和善。举动文雅，态度安详，只知“修”己，不愿“修”人，生来爱说爱笑，不喜动刀动枪，全如和风甘雨，好比景星庆云，唯独她们是世上的盐梅，是暗室的明灯，能化解男子的粗恶，能点染世界的和平。

她们若不失了“原性”，世界就是人间的天堂。她们若染成“男习”，世界就要变成人间的地狱。唯独他们有讨论的必要，有研究的价值。

采菲录虽是仅仅对她们身体的一部分（脚）而作，可是据我看，实在较比全部廿四史与一切的哲理学，还能动我的兴味，提我的精神。我本想借着采菲录，作一篇屁文，发挥发挥我的感想，出一出风头，骗一个（脚学博士）的荣衔。无奈我对她们（下体）的观念，一向是囫囵吞枣，没有细细晶评过滋味，她们的脚怎样才算好，如何才算坏，我实在没有审美的标准，我只知她们身上，从发尖到脚跟，无一不可爱，无处不美观。天足固好，缠足也好，缠了又放也好，放了又缠也好，莲船盈尺也好，足小如拳也好，穿上鞋也好，脱光脚也好，行路东倒西歪也好，举足山摇地动也好！

我以为四寸高的高跟鞋，固能扰乱摩登男子的脑筋，使他们屈服于旗袍之前，三寸长的红丝履，也能断送腐化男子的性命，使他们拜倒于石榴裙下。虽然二者，有今古的不同，我认为全是打倒男子们的一种武器，古今男子，牺牲在这两种武器之下的，较死于刀枪之下的，还要超出数十倍，不过从来没有人做一个统计，致令他们空做了妇女脚下的无名英雄罢了！

有人说：灵犀作采菲录，必是患了“拜足狂”，生了“爱莲癖”。我在先，也存这种的怀疑，并且会与姚君去信劝阻，以后我细查采菲录里，也有许多反对小足的稿子，我才知道灵犀的用意所在，并不是如某国之鼓吹主义，不容纳不同的意见。灵犀是要趁着缠足的妇女，未死尽绝之前，作出一种“风俗史”，若以为“采菲灵”是提倡缠足，那么，研究古史，就是想做皇帝了，贩卖夜壶，就是喜欢喝尿了！这不是妄加揣测，胡批乱评么？我敢断定，研究学说或者是要骗人惑众，以谋争权发财，而编辑采菲录，决不是鼓吹缠足，以图复古还元。况且小足，已过了它的黄金时代，到了一个没落的最后阶段，纵然竭力鼓吹，也不过是回光返照。中国土地虽大，将来也不容有三寸金莲，立足之地了！

我以为缠足的陋俗与迷信相同：养成了的年限，既很久远，决非在短促的时间，所可扫尽廓清的。提倡固属不当，严禁大可不必，提倡是残忍，是诲淫，是不顾人道；严禁是专制，是压迫，是不体人情。若收集一些善于缠足的作品，为将来的人，作一种考古的资料，为现今的人，作一种“数典不忘祖”的研究，有何不可？这种用意，只当赞成，不应反对！

至于古人爱金莲，今人爱天足，也并不是有什么落伍与进化的分别。古女皆缠足，今女多天足，也不是有什么野蛮与文明的不同，不过“俗随地异”、“美因时变”而已。

若说缠足的妇女，全是愿为“玩物”，那么，家家坟地里所埋的女祖宗，有几个不是玩物？现今的文明人，有几个不是由那些玩物肚里爬出来的？我们追本溯源，不当对不幸的她们，妄加污蔑！

如谓天足的妇女，全是天生的“圣人”，那么，处处所见的新妇女，若早出世三十年，能不能立志不缠足？她们的祖父母，是不是因为他们家中的妇女脚不小，视为奇耻大辱？我们依古证今，更不当对侥幸的她们，妄加推崇！她们也不过是幸而生于繁华的城市罢了。若生于穷乡僻壤，未必一个个不是三寸金莲；若按他们那种盲从爱美的情形推断，假若异时异地而生，她们的尊足，恐怕还要不盈一握呢！

以古人的眼光议论今人的是非，固是顽固不化，有今人的见解，批评古人的短长，更是混蛋已极！我以为这全是一偏之见。正如寒带的人，骂热带的不该“赤背”，热带的人，讥寒带的人不当“衣皮”，全是不肯“设身处地”，细加追思的愚行！

我常说：孔老二若生在现代，他未尝不研究社会主义，未必不讲座阶级斗争。马克思若生在中国，且值春秋时代，他未必不赞成“民可使由之，不可使知之”！因古人的言行，有一二不合现代的潮流，就吹毛求疵，热骂冷嘲，自鸣得意，自变为先知先觉，那就如同说“岳武穆未乘过汽车，不配为名将，华盛顿未坐过飞机，不配称伟人”了？

芸芸众生，殊少先知先觉，茫茫人海，多是后觉后知。先知先觉，千万人中，未必有一个，后觉后知，未免十人中，就要有九人零一人！李鸿章本是当日我国最摩登的人物，也是东亚最有名的政治家。他升到总督的日子，某次，他的属僚，参见他的太夫人，他因她的脚大，竭力在一旁，用袍袖掩盖她的双足。李鸿章尚且如此，至于别人，还用问么？可见风俗严于法律，既成之后，任何有力的人，一时也变转不过来，并且无法抵抗。宋元明清的学者，熟读孝经，对于“身体发肤受之父母，不敢毁伤”一句话，无不奉为金科玉律。然而对他们女儿的双足，竟不异她骨断筋折，他们岂不知那是毁伤？毁伤即是不孝，怎奈习俗移人，就视为当然了：若能如宋朝的李若水老先生，在前六百六十九年，就反对缠足，那才称得起是赞成天足先知先觉呢！

时至今日，才知道反对缠足，奶毛还未脱光，也要大骂小脚，那不但够不上后知后觉，也不过是拾人唾余的应声虫而已！

若说缠足的女子，是矫揉造作，失去了自然的美。这话是最相当的批评，因为“自然的美，才是真美”。然而现今妇女烫发，拔眉，束胸，又何尝不是反逆自然呢？不过烫发拔眉是由外洋传来的，外国既然盛强，所以我中国甚至以学法外洋的恶俗为时髦了：假若中国是世界第一强国，安见得外国妇女，不学缠足呢？若谓外国妇女，全有知识，决不肯自伤肢体，步中国妇女的后尘。那么，就是尊崇洋女为神圣，轻蔑华女为野蛮了！要知北平城外东北一带现今还有高丽旗兵的苗裔，他们随满族人入关的日子，他们中的女性，决是天足，可是移入未久，也慢慢缠足化了。总之，美的观念，并无一定的标准，随一时多数人的习俗眼光就产美，看熟了，就是美，看不惯，就以为丑而已。在十年前，我们若见一位剪发女子，未尝不说她是疯子是怪物，现今我们见着梳发的女子，又说她是顽固是落伍了！几年的时间，我们眼目，还是我们的眼目，然而看法就不同了，自已的两只眼还靠不住，何况旁的事物呢？若以前者为非，后者为是，那么，就可以说，以前的眼是混蛋的眼，以后的眼是圣人的眼了！

有人说，缠足妇女的脚，全都奇臭，这话与元明两代的浪漫文人所说，小足如何“芳香”，全是不合情理的话。要知“世无不臭之足”。足之所以臭，是因为行走之时足趾摩擦的原因，摩擦就生热，生热就有臭味，两手摩擦，尚发臭气，何况两脚又负全身的重量呢？并且两脚有鞋袜包盖，臭味不能发散，所以脚比手臭。缠足妇女的脚，包裹的东西既多，容易发臭，自在情理之中。天足妇女既不能终日赤足，她们的脚的香臭，也就可以推想而知，若说天足女子的脚皆不臭，我们当先查一查，男子的脚是不是皆香？男子的脚绝没有香的。那么，天足妇女的脚既与男子的一样，也绝不能不臭。不能说因脚的主人，是男是女，就有香臭之别！缠足妇女，若脱去鞋袜，固有令人掩鼻的，然而天足妇女，若脱了鞋袜，也有薰人作呕的，岂可一概而论！并且臭与不臭，是在她们洗得勤与不勤，勤则虽缠足而不臭，不勤虽天足也不能不臭，岂可妄下肯定的批评呢？

我详查以前的男子，所以喜爱金莲的原因，并不是起于封建制度，也不是出于资本主义，更不是生于妇女失去“女性中心”，是发于“好奇”的心理。两性所以能互相吸引，是因为生理上的差别。一切动物，无不如此，两性的生理上的形状，既根本奇异，人类中的女性，又能额外加上一份人工的修饰，所以她们吸引男性的能力，较一切动物尤大。而以前中国的女性，于涂脂抹粉描眉画鬓之外，又将双足，改了天然的形态，于不同之上，复增奇异，所以吸引男性的能力，更特别的大了，可见女子缠足，正是诱惑男子的一种手段，是增加男子欲念的一种媒介。所以在正重的图画与戏剧中的女子，绝不加小脚，并且缠足的女子对于两足，认作不可示人的东西。以前，妇女既重贞节，所以将金莲，也视同神秘，以为是应代丈夫保护的私产。甚至亲如父兄子侄，对她的脚与鞋，也避如蛇蝎，不敢挨近。一些缺德的男子们，也以为摸着某女子鞋脚，如同与那女子发生了深切关系，仿佛得了极大的便宜！妇女的脚，若被丈夫以外的男子摸着，或是她的鞋袜被人偷了去，即如受了人的奸淫，较比现今的摩登妇女，被人吻了，还要加倍的羞耻。摩登妇女，或以嘴唇被人吻，是特别时髦，而缠足妇女，甚至以失掉袜鞋，为奇耻大辱。以前的妇女，所以不易参加社会的工作，不能社交，不能任意结交男友，不能跳舞溜冰，全是因双足作祟。可知缠足是使男女不易接近的极大障碍，是阻防侵略的万里长城，她们的三寸金莲，好比两扇千钧重的铁门，将两性内外隔绝了！欲打破这种难关，除非高法劝导她们不再缠足，别无他法。为要提倡男女交际公开，为要使女子服务社会，而希望女子不可缠足，还是不是。最要紧的，是因缠足使无罪无辜的妇女，受一种肉刑，使她们的双足，不但不能得天然的发育，反要断骨筋，听见小女儿因缠足而起哭泣，想象“小脚一双眼泪一缸”的俗语，也当闻其声而不忍见其小。我们若脱去她们的足布，看看她们那足指圈曲的样子，足跟与足心合拢的情形，也可以断定所受的痛苦。男子的心，纵然是生铁铸的，也当设身处地，为这毛骨悚然，淫荡的欲心，也当减少十之八九！男子一握纵然觉得“销魂”，岂知她当日为使人销魂，几乎哭断性命，疼断肝肠。在现今文明国里，对罪大恶极的凶犯，还要停止刑讯，为什么对老老实实的小女孩，加以酷刑呢？固然缠足三年可以成功，然而对于刑讯罪犯，能不断的使之受刑三年之久么？现今执行罪犯的死刑，在文明国里，还要使之减短痛苦的时间，为什么仁慈的父母们，将三年的痛苦，施之于亲爱的小女儿身上呢？缠足是立时直接影响于被缠的女子，使她受当时的祸害。至于间接影响于“国”与“种”，还不是显著的问题。劝人不缠，当以天理为题目，不必高谈阔论离开当前的事实，用虚而且远的

"强种"或"强国"做招牌！说着固然是冠冕堂皇，好听已极，怎奈打动不了愚夫愚妇的心坎！

若说缠足与强种有关系，我并不反对。然而我看北平及各处的天足妇女所生的儿女，并不比缠足妇女所生的特别健康，缠足妇女的死亡率，也不高于天足的，天足妇女的疾病并不少于缠足的。北平及各省旗人的妇女，过了五六十岁，多半是驼背而大犯脚病，岂不是起于缠足的原因呢？若说天足，容易强国，我也表同情。但是我以为国的强弱，在人民的智愚勇怯，在内心而不在外形，更不专在妇女的两只脚上。非澳二洲并太平洋各岛上的妇女，体格之强健，决不是欧美日本等国的妇女所可及的，为什么二洲与各岛上的人，不能立国，反成了强国的奴隶，且将有绝种的危险呢？我国历代的耻辱是怨我国的男子们怯懦呢？还是怨我国天足的女子不多呢？从来的名将全是天足的女子生养的么？明初山东蒲台县的女子唐赛儿，能起义兵，为建文帝复仇，使燕王手忙脚乱几乎不能应付。明末浙江萧山县的女子沈云英，杀贼立功，替父报仇，代父镇守道州，得封为游击将军。清嘉庆间，湖北襄阳的女子齐王氏（教匪首领齐林的女人），能接统她丈夫党羽，报杀夫的仇恨她的部下增到十万人，全俯首听她的命令。二年之中，扰遍了豫楚川陕四省，清帝为她，惊慌失措，调动三十余万大兵围剿。她们三位，全是金莲三寸，然而能冲锋陷阵，杀敌斩将，并未曾因为缠了足，减少活泼的勇气与革命精神。能说缠足的妇女，全是男子的玩物，受男子压迫，为男子的奴隶而富有亡国奴资格么？妇女若仅能倚在爱人的怀抱里，徒发大言，坐在饭店里的洋床上，大唱高调，在离强国八千里之外，狂喊打倒帝国主义，纵然足长三尺，也不过等于村妇骂街，不但招惹世界各国的讥讪，反要使唐沈王三位小足女子的在天之灵，哭干了鬼泪，笑掉了鬼牙呢！

专以齐王氏而言，她因败自杀，年才二十二岁，这样一个妙龄小足的小寡妇能遣将调兵，闹得惊天动地。我国讲求体育三十年了，试问能寻一个齐王氏不能？

近二三十年来，我国人长了一个疯狂无耻的恶习，无论什么屁大的事，他们多要妄加“国”字作陪衬，强引“种”字助威风，滥用“民”字装门面，甚至连跳舞、恋爱、吊膀、溜冰、开房间、钻狗洞、营私、卖淫、打麻将、贩鸦片、拉屎、撒尿，全要以“为国为种为民”做幌子！

国、种、民，这三个神圣不可侵犯的字，已经被他们用得一文不值，太随便了！这种邪风是全球各国所无，正如缠足的陋俗，唯我国所独有。此风不改，我国在国际绝不能幸存，正如女子若再继续缠足，决不能与男子争求平等！

欲革除缠足的陋俗，唯一的办法，当斩草除根，要从小女儿入手，万不可矫枉过正，专对老太婆注意！如此则可免去小女儿的刖刑，保全老太婆的颜面。当八十年前，洪秀全入了南京，为提倡天足，竟强迫小脚妇女，赤足担水，他自以为那是彻底解决，岂知妇女因羞愤之故，投江跳井的有一千数百人。前年某处，强使缠足妇女，在大街上当众放足，将弓鞋足布，悬在闹市示众，大加讥嘲，几至招起民变。那两件事，全是矫枉过了正！现今在通都大邑里，到处还见有新缠足的小女儿，皱眉咧嘴，蹒跚而行，反无人加以查究。在大城中尚且如此，在小乡间，不问可知。这件事，就是斩草不除根，正如查拿鸦片烟鬼而容任种鸦片的人，严办赌博之徒，而不禁制赌具者。这种倒行逆施，合本逐末的政绩，正是扬汤止沸，抱薪救火！莫如听其自然，使之自消自灭，反觉省事，而不扰民。

总而言之，须要知道，天下古今的妇女，全是爱美成性，全是时髦的奴隶，她们只要能得获“美”的称誉，纵然伤皮破肤，断骨折筋，在所不辞。男子所不能受的苦楚，她们全能甘之如饴。当日“楚王爱细腰，宫中多饿死”就是最好的先例。以前女子有因缠足而丧命的，然而缠者，并不视为前车之鉴。现在，女子有因穿高跟鞋而跌白腿的，但是穿者，仍变本加厉。在她们心目中，对于或死或伤，毫不关切；唯对“不美”之见解，尤甚于死。对于“增美”的修饰，无不拼命追求，绝不知“卫生”是甚么东西！并且她们对于“美”，也没有一定的主义。只要有一二妇女“作俑”于前，必要有无数的妇女，接踵于后；较无知的男子，盲从一种学说，更要踊跃千倍，不过妇女发明一种自伤骨肉的修饰，与男子创出一种惑乱人心的学说不同。男子创出学说，是先以别人为试验；女子发明修饰，是要以自己为牺牲。男子创出一种学说，是唯恐别人不盲从，然而有知识的男子们，决不盲从；妇女发明一种修饰，是唯恐别人仿效，但是有知识的妇女们，必定仿效。妇女这种和径，不过是出于争艳斗媚的心理，她们为这种心理，遂想尽种种方法，刻苦修饰，标奇立异，迈众超群，以便出类拔萃，骄其侪辈。我由种种的考究，敢武断说，“缠足”决不是起于南唐李后主之令窈娘以帛束足，而是起于窈娘之自愿吃苦，自炫新奇，以便引动李后主的视线。她不过是出于一时的震惊，岂知贻害当时，祸及后世，连累得千万妇女，受了她的影响。正如不良的学说，由一个野心者，创造出来，使千秋万世的人，全蒙他的祸害！再以现今的妇女，在滴水成冰的时候，还暴露玉腿而论；不知是由甚么野心的妇女作俑，竟连累得无量数的妇女，跟着受凉。发明露腿的女子，或已死去多年了，然而她的遗毒，还正在大行其道，不知何日始能除根呢！

人提起缠足的陋俗来，全骂李后主不顾人道，摧残女性。岂知窈娘是罪魁祸首，后主不能负“作俑”的责任。充其量，他仅仅是一个从犯。后主若是死而有知，必定高声诉冤说：“当日我并未曾创意命窈娘缠足，是她甘愿自伤骨肉，发明一种修饰的新法，要打倒她的同类而夺别人的宠爱，与我何干？当日我不过看着新奇，说了一个‘好’字，安慰她的辛苦而已，纵然她缠足是为讨我的喜爱。那么，以后的妇女缠足，也是得了我的圣旨么？你们如果明白妇女的心理，不但不肯骂我，连窈娘也不当骂！她缠足固然是她一时的无知，她并没有劝导别的妇女，跟她学呀！”

我敢断定，不但缠足是由妇女所发明，现今的束胸拔露腿烫发露肘高跟鞋硬高领，以至缅甸的长颈，印度的穿鼻，红人的扁额，日本虾夷的刺唇，中非的鸭嘴（英人称之为 Duck-bill）种种自残的修饰，无一样不是由妇女们，争艳斗媚，矫揉造作，无事生非而创出来的。创出之后，行之既久，就成了一种根深蒂固，牢不可破的习俗，视为一种必要的修饰。不如此，不但不摩登，甚至被人认为不够妇女的资格。任何智勇的妇女，也必甘心遵照办理，无法反逆了，前廿几年，我的乳母对我的先母说："若不裹脚，怎能分别男女？"就是"袭非成是"的一个凭证。男子们虽然身大力强，蛮横专恣，阴险狠毒，诡诈多谋；他们绝没有闲心，替妇女们乱出主意，使她们怎样修饰。并且天下古今的妇女，对男子全是不听话的。她们肯任意设法修饰以引动男子喜爱。男子若出主意，请她们如何修饰；她们决不听从。她们认定男子们，不会修饰，所以决不肯容纳男子的意见。男子们若反对妇女的某种修饰，唯一的妙策，就是给她们一个"不注意"，她们就要慢慢的，另换花样了！不过任何伤肌毁肤的修饰，经妇女发明之后，男子们就以此为喜爱与选择的标准。甚至她们对身体某部分摧残的厉害，愈能使男子们，爱之好之，如疯如狂！这并不是怪男子心狠，是怨她们自寻苦吃。男子间这种情形，并不关甚么帝国主义，封建制度，也不关甚么财产私有或共有，更不关"经济独立"或不独立，尤其不关甚么人格堕落与不堕落，全是由男女的天性不同而引起的。世界进步无论到甚么地步，男女的天性是变不了的。科学纵然万能，也不能化男为女或化女为男，犹之乎不能变狗为猫或变猫为狗。现在有一种狂妄的人，在男女两性之间，竭力挑拨，唯恐男女不失去固有的天性，这就是违反"自然"，庸人自扰！因为天性就是自然而生的性，人力绝不能改造。纵然绞尽脑汁，也不过只能改造于一时，"自然"归终仍能战胜了人力。不但天性改不了，就是外形的改变，也不能支持长久。譬如缠足的女子所生的野蛮的孩子，决不是尖足；烫发的女子所牛的文明结晶，也决不能是卷毛。现在的文明人，自称改造"自然"，向"自然"革命！

其实空费了许多辛苦，还是要被“自然”改造了，被“自然”革了命！若详细说这个道理，恐再用两三万字，也谈不透彻。统而言之，十万年前的男子爱女子，愿得女子的爱，百万年后的男子，也是如此；十万年前的女子爱男子，愿得男子的爱，百万年后的女子，也不能不爱男子，也不能不愿得男子的爱。男女求爱的方式，因为天性的不同，也决不能一致。专以女子而言，无论文明到甚么程度，也必是要因袭她们的高曾祖母的爱美的天性，吸引男子的爱情。就以施行文明主义的某国而论，该国的女子，也决不能不用修饰而改用武力，使男子们屈服（我这话并不是轻视妇女）；因为男女，各本天性，互相求爱，是维持人类于不绝的天职，方式虽然不同，并无轻重高下尊卑之分。男女互为因果，彼此相生。谁也不比谁贵，谁也不比谁贱。（这个理由，我在拙著《疯话》里，已说了许多，不便再谈）那么，由此推断，以往的女子，是以修饰为战胜男子的工具。查古可以知今，既往可以知来。以后的女子，对于吸引男子，战胜男子，也不能有例外的办法！

缠足不过是我国妇女修饰的一种手术。我之所以主张“听其自然”，是看这种陋俗，已到日暮途穷，再无继续发展的可能。因为预断一种任何“修饰”有前途，离不开“贫学富，富学娼”一句俗语！现在的富女与娼妓（太太，小姐，少奶奶，姨太太），既然不以缠足为美，竞尚天足；那么，乡下妇女与小家姑娘，自必争先仿效，从风而靡！四五十年之后，若想再见一位扭扭捏捏，前摇后摆的三寸金莲，恐怕要比“三九天寻虾蟆”还难了。又何必自作聪明，妄加干涉，扰乱公安呢？若说怕外人讥笑，不得不雷厉风行，立行铲除；那么，我国受外人讥笑较缠足尤甚的，还有许多！最大的就是“勇于对内”、“怯于对外”、“贪赃枉法”、“不讲公德”。这种变本加厉的劣根性，若不赶紧严加革除，纵然立将可怜的小足妇女，投诸东海；中国人种，也不能不灭，中国国祚，也不能不亡，何必注意于微末的不节呢？况且妇女如同渔翁，男子如同饿鱼；修饰同钓饵，金莲也不过是钓饵之一种。现今的鱼（男子）既不喜吞吃这种东西，那么，渔翁们，自然要施行一种不效的方法，另换鱼食了，又何必多管闲事，替渔翁们，着急操心呢？

男子喜欢什么样的修饰，妇女尚且不惜断骨伤筋，残皮毁肤，吃苦忍疼，挨冷受冻，以迎合之。现今若费尽心力，受尽折磨，缠成小足，反招男子的厌弃；她们既不疯不癫，且又最能侦察男子们的心理，岂能不通权达变而求舒服呢？前几年，天足会所以不易推行，就是因不易婚配。现今青年男子与各级学生，一听要配一位缠足之妻，即如受了死刑的宣告；可见不天足，反不易婚配了。缠足譬如一种商品，市场上若没有销路，还肯制造这种货物么？

天足妇女，现在既正走红运，到了她们的黄金时代，我们也不必趋炎附势，特别恭维。缠足妇女，现在虽交了败运，到了她们的没落时期，我们更不当摧枯拉朽，落井下石。当向普遍里观查，不当拘于一隅，当为多数人着想，不当仅对少数人留心。要知我国现今的天足妇女，尚不及全国妇女中三分之一，还不一万万以上的妇女，是不幸而缠了足的，我们不当仅为这少数走运的天足妇女筑金屋，尤当为多数倒霉的缠足妇女寻出路。假若二万万男子，全惟天足是求。不但男子将有“过剩”的恐慌；这一万万以上的小足妇女，必将无所归宿，陷于悲惨的境地。并且若按“物以罕而见珍”的成例推断，天足的妇女，因为供不应求，也必趾高气扬，自视为天之骄子，使男子们可望而不可即了。摩登女子中，虽多有以一嫁二嫁以至十嫁二十嫁为文明的，但是男子们既多，若等遇缺轮流递补，恐怕机会也不均匀。再者丈夫的名分若被她们任意的取消；男子们若没不固定的女人，未免要惶惶然若丧家之狗！一个女子身旁，若有若干后补的丈夫，也实在不成事体！我这话并非玩笑。我详查现在自命为文明的男子们，不但不肯娶缠足的女子为妻，甚至对已婚多年或已生有女子的缠足太太，视如眼中之钉，肉中之刺；几乎有“屏诸四夷，不与同中国”的趋势。固然，缠足是野蛮之风，是不人道的表现。受过新文化洗礼的人，不爱这违反自然的修饰，也是理所当然。便是行之在婚娶之前，尚无不可。若婚娶之后，木已成舟，再加反对，就是只知有己，不知有人；那不但不是新文化，反成了新野化了。不但失了人类的同情心，简直是不如禽兽。因为在禽兽的配偶之间，绝没有因为对方失去一点羽毛，与群中不能一致而施行仳离，别觅新欢的！即使缠足是犯了罪，也当念她并非咎由自取，是因受环境的压迫而成，按法律的眼光判断，也当认为情有可原。若强词夺理，弃在一旁不闻不问，或发给她少许的生活费，死活由她，那就是人道的盗贼，冷血的动物！如此残酷，还讲甚么改造社会，改造国家，改造世界？充其量，也不过是改造他自己的环境，只为他一人合适，将别人置之死地而已：这种人正是悬贞节牌而大买其淫，存魔心而大说神话。社会国家世界，若操在这班文明人手，不但腐化的老实人，不能生存，社会国家世界，在“人类进化的寒暑表”上，就要降落到零度以下了；人类的世界，必要返古还原，归到地学史最下的“无生代”了！

我听说，现在居然有一些受过高等教育的摩登少女，挑拨诱惑所爱的男子们与缠足的妻离婚，以便鹊巢鸠占，取而代之。这种行为可谓不顾同类，无思想已极，要知这种男子，既对前妻无义，怨不能对后妻不情，自己既不能常保摩登，将来也不免有“秋扇之捐，推位让国”的苦恼！

前某大学的同事某甲的夫人是缠足的。某甲因为她不合时宜，不准她出头露面，他的夫人对他抗议说：“你当初因我脚小，喜欢我，而今因我脚小不喜欢我。你爱，则恨再不小；你不爱，则恨不顶大。往日你认我为宝贝，今日看我像怪物，便宜让你一个人包办了！你的是见异思迁，我的脚是一成难变的，你不要忘了当初的你，只顾现在的你，我嫁你的时候，你若没有辫子，我还不下轿呢！你不要跟我装孙子啦！”这件事，足可代表现今三十岁以上的文明的男子，对待缠足夫人的情形。好在某甲的夫人，还敢对文明的丈夫抗议，多数走背运的女人，只有哭泣，恨不早早死了，给天足妇女预备位置而已：要知他们那些文明男子，所嚷嚷的提倡“女权”，也不过是专指摩登妇女说的，正如现在所谓提倡“人权”，并未曾将“老实安分的人”，括在里头！

我生来顽固不化，日积月累，已变成了天字第一号的混虫。我虽读过教过几年洋书与科学，也曾因投机，看过几种新主义，可惜资历鲁钝，至今还不知甚么是适应环境，随合潮流。我决不替孔丘、释迦、耶稣作宣传，也不给中外的新圣人为工具。无宗教，无党派，永远做我原有的良心的信徒，更不确知甚么叫文明，甚么叫……我只知与多数人有，就是文明；仅一少数人有利，就是野蛮。开倒车，若不伤人命，就是文明；开正车，若不顾人命，就是野蛮。我不想援助被压迫的民众，我更不想将他们援助起来受我的新压迫。我向来不以人所共捧的人为圣人，我专认不合时宜而被打倒的人为同志。我以为，与其做一个昙花一现的圣人，不如当一个终生不变的混蛋！

在以上种种废话之中，我本想加上许多这个主义，那个学说，这个制度，那个阶段，这个资产，那个经济，这个虐杀，那个铁蹄，这个立场，那个印象，这个辩证法，那个唯物论，提一提人的精神，证明我也是一个普罗塔利亚（Proletariat）；可惜这些文明的名词，无论如何强扯硬拉，实在对妇女的两只脚，是“风马牛不相及”！